BOCA DO MUNDO

DIA BÁRBARA NOBRE

Boca do mundo
Romance

Copyright © 2025 by Dia Bárbara Nobre

Grafia atualizada segundo o Acordo Ortográfico da Língua Portuguesa de 1990, que entrou em vigor no Brasil em 2009.

Capa
Flávia Castanheira

Imagem de capa
Transformada numa cobra, devora para depois devolver ao mundo mais beleza, 2023, de Sophia Pinheiro. Urucum Huni Kuin, barro Huni Kuin e tinta natural, 43 × 32,5 cm.

Preparação
Allanis Carolina Ferreira

Revisão
Ana Maria Barbosa
Ana Alvares

Os personagens e as situações desta obra são reais apenas no universo da ficção; não se referem a pessoas e fatos concretos, e não emitem opinião sobre eles.

Dados Internacionais de Catalogação na Publicação (CIP)
(Câmara Brasileira do Livro, SP, Brasil)

Nobre, Dia Bárbara
    Boca do mundo : Romance / Dia Bárbara Nobre. — 1ª ed. — São Paulo : Companhia das Letras, 2025.

    ISBN 978-85-359-4155-5

    1. Ficção brasileira 2. Mulheres – Vítimas de violência 3. Violência doméstica I. Título.

25-259848   CDD-B869.3

Índice para catálogo sistemático:
1. Ficção : Literatura brasileira B869.3

Aline Graziele Benitez – Bibliotecária – CRB-1/3129

Todos os direitos desta edição reservados à
EDITORA SCHWARCZ S.A.
Rua Bandeira Paulista, 702, cj. 32
04532-002 — São Paulo — SP
Telefone: (11) 3707-3500
www.companhiadasletras.com.br
www.blogdacompanhia.com.br
facebook.com/companhiadasletras
instagram.com/companhiadasletras
x.com/cialetras

Nenhum organismo vivo pode existir muito tempo com sanidade sob condições de realidade absoluta; até cotovias e gafanhotos, supõem alguns, sonham.

Shirley Jackson

Sou o oito de espadas, sou a vespa que pica, sou a cobra escura. Sou o animal invulnerável que atravessa o fogo sem se queimar.

Elena Ferrante

para Fernanda, arquiteta de sonhos

FUTURO PASSADO

Era um sábado, na hora do céu rosado, quando ela parou o carro na estrada sem acostamento. Passou uns minutos observando um cabritinho balir desalentado atrás da mãe, que enveredara caatinga adentro. É, concluiu, ali seria um bom lugar.

Agarrou o embrulho enrolado no xale azul e entrou no tabuleiro até encontrar uma clareira no meio do buxeiro. Se ajoelhou e começou o trabalho. Rompeu a crosta da terra, primeiro com uma pedra, depois com as mãos:
uma,
duas,
três vezes.

As unhas perfuraram o solo com veemência e todos os olhares invisíveis se voltaram a ela. O primeiro corte foi o mais difícil — a terra resistia. Não queria ser minada por uma estranha.

Ela era miúda, mas sua força impressionava. A dois palmos, o barro vermelho e úmido se soltou. A quatro, os músculos dos braços destreinados se retesaram, cãibras no pé da barriga dificultaram o movimento, bolhas foram surgindo no tecido fino das mãos e os joelhos se abriram em ranhuras.

Onilé, a mãe-terra, observou as caretas que formavam rugas fundas no rosto da mulher, intrincados veios de rio por onde o suor vertia. Ela queria descansar, mas o xale azul e a noite que se aproximava pediam urgência.

Quando julgou que havia cavado o suficiente, abriu o xale, desdobrando-o feito mar na terra molhada de sangue e lágrimas. Cuidadosa, acomodou a criatura na boca retangular e acariciou a cabeça flácida uma última vez, tentando reter na ponta dos dedos o formato daquele rosto. Cobriu o corpinho com o xale, e os braços cansados arrastaram o barro solto ao redor do buraco, repetindo a mãe no gesto de agasalhá-la quando dormia no sofá.

Quando terminou de cobrir o buraco, encostou os lábios na terra. Com os joelhos e a cabeça no chão, entregou a oferenda. A oração cantada ecoou entre os mandacarus. Ela chorava ou gargalhava, não dava para saber ao certo. Pediu perdão, jurou vingança. Na barriga da terra, a vida se mexia: víboras, lacraus e escorpiões choravam a morte da quase mãe que ela foi.

Ela ainda não sabia, mas tinha plantado uma semente. Na caatinga, a natureza regenerava a morte, tudo se reinventava e trocava de pele, feito a serpente que a observava curiosa enquanto, entre soluços, ela se levantava e ia embora.

Onilé recebeu a oferenda e começou sua longa digestão. Nem cruz nem pedra marcaram o lugar.

Guiada por uma procissão de vaga-lumes, ela voltou à estrada. A rodovia esburacada e mal iluminada acentuava o rasgar-se do ventre vermelho nas pernas. Pegou a mochila no banco de trás e tirou de lá uma toalha pequena. Sentada ao volante, tentou se controlar, esfregou o rosto. Não percebeu a serpente emburacando dentro do carro. Uma dormência a envolvia, mas, ao girar a chave, o engasgo do motor a arrancou do torpor. Todo o corpo acordou de uma vez e latejou pelo esforço de cavar, que nos filmes os homens faziam parecer tão simples. A noite caía, fazendo subir uma bruma densa, e ela acelerou, com medo de que o carro resolvesse quebrar no meio da estrada e a deixasse sozinha na noite sem lua.

Ainda de longe, viu piscar a bandeira do posto de gasolina e pensou que, por fim, sua sorte estava mudando depois de tanto desacerto. O carro começou a engasgar poucos metros antes, e foi só o tempo de estacionar na lateral do posto para a fumaça começar a sair do capô feito chaminé. A frentista informou que mecânico em um sábado àquela hora era difícil de achar, ainda mais em noite de quermesse. *Outro posto, só a cinquenta quilômetros daqui*, avisou. O desânimo bateu novamente. Pressentia que o carro não aguentaria, já era velho e rodara muitos quilômetros depois de ter ficado tanto tempo encostado. O esforço lhe custara a vida.

No reflexo da bomba de gasolina viu uma mulher em frangalhos, vestido sujo, unhas pretas, cara inchada. A dor lhe atravessou os ossos, penetrou-lhe as carnes e fez o corpo vacilar. Não era de admirar que a funcionária tomasse distância ao falar com ela.

Pediu para usar o banheiro e no cubículo escuro se limpou o melhor que pôde. Com o fio d'água que corria pela torneira, tirou a terra das unhas e lavou as pernas. Então trocou a roupa suja por outra que estava na mochila.

Do lado de fora, a frentista compadecida indicou uma pousada na cidade. *Saindo da estrada e entrando no povoado, tem uma praça com uma fonte enorme no meio. Logo à direita, do lado da igreja, fica a pousada de d. Djanira da Taboa, uma casa azul. Dá pra ver de longe*, disse, desenhando o mapa no ar.

Cinco minutos depois, ela passava pela placa verde com o nome do povoado. As letras fosforescentes dançaram à sua frente, sua vista embaçou, como acontece nos sonhos, mas mesmo assim conseguiu ler:

BEM-VINDA A URÂNIA

Abigail não era o tipo de pessoa que se assusta fácil, mas naquele dia acordou atarantada.

Sonhou que no meio da ponte que cruza o riacho das Almas, na saída de Urânia, havia uma porta. Sabia que devia passar por ali, mas, mesmo forçando a maçaneta, a porta não abria. Suas têmporas ardiam de agoniação, a veia grossa no meio da testa pulsava com o esforço. Então sentiu tocarem seu ombro e olhou para o lado. Uma chave, dessas antigas de ferro, grandes e pesadas, como não se fazem mais, repousava na mão da Encantada, que disse, sem mover os lábios: *Em alguma linha do tempo deste mundo chamado sertão, uma morsa escala com os dentes um paredão de pedras.*

Abigail acordou com a chave se desfazendo em suas mãos.

Abriu as janelas para olhar o céu azul que não deixava ver nenhuma nuvem, mas o cheiro no ar, carregado de eletricidade, não a enganava. Ela reconhecia o vento leste descendo da serra com seus uivos e assobios, anunciando uma tempestade próxima. Notou também que a serpente enrolada no umbuzeiro tremia seu chocalho, impaciente.

Como fazia todos os dias, depois de se trocar, foi direto para o quartinho da santa e, de joelhos no chão, começou o ofício da Beata Maria. A vela soltava uma fumaça preta e chorava cera no mesmo passo aflito de seu coração. Abigail repuxou tanto o rosário que o fio de náilon se partiu, cobrindo o chão com as contas feitas de sementes cinza e brancas. Lembrou-se da mãe dizendo que rosário quando se quebra é aviso de revés na dobra da esquina. Alguma coisa grande viria.

Não eram nem cinco da manhã e seu mundo já se enchia de ruídos, acufenos que misturavam vozes de espíritos, zumbidos e chocalhos. Fazia já um tempo que ela evitava contato com as coisas do outro mundo. Fingia não ver os vultos dos andarilhos que se arrastavam pela estrada, ignorava os sonhos, afastando a lembrança com o meneio das mãos, e tentava ignorar a Encantada, que volta e meia se afigurava.

Seguia a vida se concentrando nas tarefas práticas do dia a dia, mas aquilo que às vezes chamava de intuição — quando precisava explicar como sabia que fulano ou sicrano não chegaria vivo ao fim do dia — insistia em se comunicar com ela.

Tinha o pressentimento de que o sonho daquela noite não era do tipo que se espantava com as mãos, nem com as ocupações diárias. Pelo contrário, era do tipo que voltava à lembrança feito refluxo de comida estragada, o fel que amarga na garganta e que água nenhuma consegue limpar.

Relutante, pegou o almanaque que escondia entre os livros de oração e procurou nos verbetes uma resposta que a acalmasse. Leu que sonhar com uma porta que não abre significava evitar uma situação dolorosa, a chave simbolizava um amor que retornava e a morsa invocava uma relação mal resolvida que precisaria ser consertada. Fechou o livro com força e saiu do quarto praguejando em pensamento contra a Encantada.

Na cozinha, encontrou Djanira terminando de pôr a mesa para o café. O mundo podia se acabar, mas o café da manhã das duas era um ritual sagrado, e a vida só começava depois disso. Djanira não precisava perguntar para saber que algo perturbava Abigail. A cumplicidade as tornava quase uma, embora fossem muito diferentes.

Os cabelos muito lisos de Djanira, marca da ascendência indígena, desciam delicadamente pelas costas. Tinha a feição fina, coberta de sardas que rodeavam os olhos amendoados e castanhos. Era baixa e franzina, ao contrário de Abigail, uma mulher negra de um metro e oitenta, com expressão séria e olhos grandes e esverdeados feito salamandras, que queimavam com seu veneno quem ousava se aproximar demais.

— Uma porta trancada, uma chave e uma morsa, Dja. Não tem sentido nenhum. Fosse um cavalo ou um gato, eu saberia o significado, mas o que vou fazer com um sonho desses?

Djanira riu, servindo o café, e contou que, por acaso, estava lendo um livro de mitologia. *Ontem mesmo li a história dessa deusa antiga, chamada Sedna.* Pegou o livro no aparador e mostrou a figura para Abigail.

Ela era muito jovem e, seduzida por um homem-pássaro, casou-se e foi viver com ele numa ilha distante de todos que mais amava. O tempo não foi bom para Sedna, que viveu muitas violências ao lado daquele homem. Quando finalmente criou coragem pra fugir, roubou um de seus barcos e lançou-se ao mar, mas ele conseguiu agarrá-la e cortar seus dedos, antes que seu corpo fosse engolido pelo oceano. Dos tocos que caíram no mar, nasceram vários bichos, inclusive as morsas e as baleias, e Sedna tornou-se a rainha dos seres marinhos. É quase a mesma história de Iemanjá, só que em outra linguagem. O povo não costuma dizer que o sertão já foi mar e que embaixo da fonte da praça mora uma serpente marinha? Então! Vai ver que aqui onde hoje a gente pisa já foi casa de uma morsa.

Abigail escutou em silêncio, tomou o café, mas não quis comer. Beijou Djanira na testa como sempre fazia e saiu para resolver as coisas da quermesse que ia acontecer mais tarde, logo depois da missa. O povoado ficava lotado, vinha gente de toda parte para pernoitar ali, porque o forró virava a noite e ninguém era doido de desobedecer d. Abigail e sair dirigindo bêbado em plena madrugada por aquelas estradas estreitas.

Diante da porta da casa azul com janelas brancas que de tão limpas pareciam recém-pintadas, os olhos de Teresa eram pequenos tatus-bolas rolando de um canto a outro sem encontrar esconderijo.

A praça iluminada e cheia de barracas tinha um cheiro de guloseimas e de milho assado que embrulhava seu estômago. Um carrossel e um pula-pula esperavam as crianças presas às saias da mãe na igreja, de onde se ouvia um cântico monótono familiar e, por isso mesmo, exasperante.

Pegou a mochila no banco de trás do carro, e um livrinho de novenas de santa Teresinha, presente da mãe, caiu no chão. Com o novenário nas mãos, mirou a casa azul à sua frente, a porta aberta como um convite ao sossego.

De trás do balcão da pousada, Djanira estava tão concentrada em sua leitura que não se deu conta da presença da mulher até que ela errasse a pisada e despertasse as veias da madeira lustrosa que recobria o chão. Levantou a cabeça e encarou a moça à porta, vacilante. Era pequena, cabelos loiros que chegavam quase à cintura, olhos azuis que se destacavam ainda mais na vermelhidão da esclera, e braços agarrados às alças da mochila que trazia às costas, como um náufrago aferrado à sua boia salva-vidas. O vestido verde de alcinhas era grande demais, arrastava no chão e lhe dava um ar etéreo. Djanira pensou que poderia ter saído de uma das histórias mitológicas do seu livro, de tão alva e delicada.

A moça explicou que precisava de um lugar para passar a noite. O carro quebrara e ela não sabia se havia conserto. Djanira notou que ela falava com nervosismo, as palavras enganchando nos dentes.

— Você deu sorte, viu? Só tem mais um quarto. Hoje é dia de festa por aqui e a farra dura até de madrugada, muita gente fica pra dormir. Qual seu nome, menina?

Ela olha para o novenário e responde sem pestanejar:

— Teresa. Eu me chamo Teresa.

No painel de madeira, Djanira pega a chave de número sete, do quarto ao final do corredor azul, mais distante do barulho da rua. Teresa agradece e vai naquela direção, deixando a voz de Djanira ecoar atrás de si um *se quiser venha jantar na quermesse* e algo mais que se perdeu no ar.

Teresa foi logo engolida pelo azul-céu das paredes do quarto, um paraíso para quem passara mais de vinte e quatro horas sem dormir. Fechou a porta atrás de si e pensou que não queria falar mais nenhuma palavra. Nunca mais. Com ninguém. Desejava ter sido ela a jazer em um buraco no meio do nada, estirada em um xale azul, sendo devorada pela terra.

Do lado de fora, as pessoas começavam a sair da igreja. Os fogos de artifício se misturavam às risadas dos adultos e aos gritos das crianças. Os sons que entravam pelas frestas da janela pareciam amplificar o latejar das cólicas na barriga inchada de Teresa. O sangue voltava a escorrer e o líquido viscoso se acumulava entre suas pernas.

Deixou os sapatos num canto e abriu a mochila para pegar outro absorvente, deixando cair no chão algumas roupas e o livreto de novenas de santa Teresinha. Pisou cambaleante no chão gelado, tentando chegar à porta do banheiro, mas se deteve diante do guarda-roupa. Uma gastura fez o mundo girar. Curvou-se sobre si mesma e se sentou na cama para não cair. A bolha na mão direita estourou, fazendo escorrer um líquido pegajoso, que ela limpou com a língua.

Depois, a escuridão.

Já passava de meio-dia e nada de a moça sair do quarto. Por uma preocupação que lhe era natural, Djanira resolveu bater à porta da forasteira e avisar que o almoço estava servido, mas ela não respondeu. Bateu mais forte, chamou pelo nome: nada. Girou a maçaneta e a porta se abriu.

A réstia de sol que entrava pela veneziana caía sobre o rosto da moça estirada na cama. Djanira chegou mais perto e notou que ela ainda estava com o vestido da noite anterior. As pernas estavam para fora da cama e os lençóis brancos afundavam em vermelho na altura do quadril. A testa, molhada de suor, era pura brasa. Sem saber se a mulher estava viva ou morta, saiu apressada em busca de Bamila, que saberia o que fazer naquela situação.

As duas ajeitaram o corpo de Teresa sobre a cama e Bamila começou a examiná-la. Auscultou o coração e mediu a pressão, muito alta: mesmo inconsciente ela estava com dor. Então percebeu as marcas de esganadura recente, o sangramento, e, com muito jeito, apalpando a barriga intumescida de Teresa, se deu conta de que até bem pouco tempo vivia alguém dentro dela. Já estava com o celular na mão quando Abigail entrou subitamente no quarto.

Como se o tempo fosse suspenso e todos os seres viventes prendessem a respiração naquele segundo, Teresa inspirou alto e abriu os olhos, girando a cabeça na direção de Abigail. Coisas que acontecem com almas que havia muito não se viam.

Abigail colocou a mão sobre a testa da mulher e sentiu seu delírio, mas o toque fez sereno do suor espalhado pelo corpo de Teresa. Só então ela relaxou e seus batimentos começaram a desacelerar.

— Vó, fica aqui que eu vou chamar uma ambulância pra levar ela pro hospital.

— Não é desse tipo de remédio que ela precisa, Bamila.

Bamila ia responder, mas deixou a frase morrer no ar, pois conhecia bem aquele olhar. Não era mais a avó que falava, era a Encantada, que ignorou sua presença e pediu a Djanira que fosse ao quarto da santa buscar suas coisas.

Se alguém contasse tudo isso a Teresa depois, ela não acreditaria. Mas naquele momento ela via, enrolada nas vigas do teto, uma serpente com a boca aberta. Foi sugada pela imagem e mergulhou por entre suas presas, deitou na língua bifurcada, escorregou pelo tobogã da garganta e deslizou pelo esôfago da cobra, caindo dentro do sonho.

Andava pela floresta branca, seguindo um murmúrio baixinho que ecoava entre arbustos e cactos. Com a sensação de estar se esquecendo de algo, olhou ao redor, mexeu nos bolsos do vestido, até que se deu conta. Tocou a barriga vazia. O murmúrio era um gemido alto. De longe, viu o umbuzeiro e, sobre suas raízes, o xale azul. Correu para pegá-lo. Enrolado no xale, um filhote de serpente chorava feito um bebê. Pegou a cobra com cuidado e a engoliu de uma só vez.

* * *

Acordou com Abigail segurando sua cabeça enquanto ela vomitava em uma bacia.

— Isso, coloque tudo pra fora.

Os jatos espaçados, mas constantes, faziam o estômago doer, como se estivesse cheio de água fervente. Exaurida, recostou-se na cama, apertando a mão da mulher de turbante branco ao seu lado.

— Agora, sim, você vai ficar bem.

Na bacia de metal, em meio ao vômito, jazia um tricobezoar.

TEMPO FINDADO

O almanaque *Bristol* de 1944 dizia que, por causa de uma conjunção entre Sol e Júpiter no signo de touro, o inverno seria muito bom naquele ano e as chuvas trariam lucro a quem cuidasse de plantações, principalmente de milho, cebola e mamona. Além disso, previa sucesso aos que nascessem entre março e abril, especialmente em noite de lua cheia.

Eliza Moreno começou a sentir as dores do parto às sete da noite daquele 25 de março, enquanto um aguaceiro fechava o verão e anunciava a invernada. Seu marido, Irineu Alvarez, ainda corria pela estrada em busca da parteira quando o bebê nasceu, sem ajuda nenhuma, berrando mais alto que os trovões. Abigail veio ao mundo sem esperar por ninguém. A primeira de uma família abastada, que teria ainda mais duas filhas.

Da mãe, herdou a beleza e a inteligência. Do pai, o corpo forte e o temperamento sanguíneo. Mal começara a engatinhar, aos oito meses, e já ensaiava os primeiros passos. Com um ano falava e aos quatro lia e escrevia em caderninhos, hábito que levaria para a vida.

Ainda moça, pegou gosto pela cozinha e logo preparava pratos deliciosos. Especialista em galinha à cabidela, sangrava a penosa sem dó para o sangue não azedar, mergulhava o corpo murcho no caldeirão de água borbulhante, retirando as penas com destreza. Desmembrava o animal com perícia. A pele virava torresmo, a carne cozinhava em fogo baixo, o sangue borbulhava em molho pardo.

Na lavoura, aprendeu com Irineu a hora certa de plantar e irrigar, e também a medida certa do veneno para que as plantas não morressem junto. *Uma roça não cresce sem o olho dos donos*, seu pai dizia, e Abigail cultivou em si a força de uma árvore bem podada.

Trabalhava nas colheitas, junto com as catadoras, e comemorava quando o pai vendia tudo a um bom preço. Andava com ele para cima e para baixo, visitando as roças, as feiras e, às vezes, a sede da Associação de Agropecuaristas de Arcádia, da qual Irineu era presidente. Até a deixava tomar uma tacinha de vinho do Porto depois dos almoços que faziam lá.

Abigail era uma aluna aplicada, tinha a cabeça boa, todos diziam, e sonhava em ser doutora. Frequentava o colégio em Arcádia e planejava fazer a escola técnica em seguida, como os meninos, e não o magistério, sina das meninas — isso quando estudavam, a maioria só fazia o primário e bastava, daí arranjavam um casamento e se tornavam donas de casa. Abigail não se interessava por moda, namoricos na pracinha ou novelas de rádio. Mas adorava dançar ao som de violas e sanfonas nas quermesses e rodas de são Gonçalo, para onde, vez ou outra, escapava com Djanira, sua melhor amiga.

Djanira chegou na casa dos Alvarez quando Abigail tinha dez anos, dois a mais que ela. Filha de um lavrador que trabalhava para Irineu, aprendeu desde cedo a lida da roça — sabia alimentar o gado, montava a cavalo e retalhava bodes usando um facão maior que seu braço. Quando o pai morreu de tanta cachaça, a mãe enlouqueceu e saiu pelo mundo com o filho menor. Os mais velhos ficaram e logo se espalharam pelas estradas, e Djanira foi acolhida por d. Eliza para ajudar nos afazeres de casa, em troca de um quarto, comida e roupa.

Nas primeiras semanas, chorava até dormir, e Abigail se agoniava com os gemidos e soluços da pequena, sozinha no quartinho da despensa. Não eram os únicos sons que perturbavam seu sono, mas eram os que mais a machucavam. Logo conseguiu convencer a mãe a deixá-la dormir no seu quarto, em um colchão ao lado de sua cama.

No começo, ela estendia a mão para fora da cama e, agarrada a ela, Djanira dormia em paz. Até a própria Abigail, insone desde que se entendia por gente, começou a dormir melhor.

Os espíritos circundavam a vida de Abigail desde o berço. Apesar de não chorar, a criança dormia pouco, porque sua noite era povoada por barulhos, vultos e vozes que a distraíam. As rasga-mortalhas gritavam na sua janela, anunciando futuros defuntos. O pilão de café fazia barulho a noite toda, manejado por mãos incorpóreas moendo grãos invisíveis.

As almas não lhe queriam mal e desvaneciam da mesma forma que chegavam: sem fazer muito alarde. Uma, em especial, um Homem com cara de mau, sempre surgia no espelho nas horas mais inconvenientes, abrindo a boca como se gritasse, mas não se ouvia som algum.

Às vezes, as aparições lhe pediam, pelo amor de Deus, por um pai-nosso ou uma ave-maria, para apenarem suas dores no purgatório. Noutras, mandavam recados que Abigail diligentemente entregava aos vivos, às vezes meio descrentes, mas que por via das dúvidas faziam o que a menina dizia.

Verdadeiro pavor só veio depois, com o fantasma do chapéu. Diferente dos outros, esse não tinha cara, e tudo que Abigail conseguia ver era um nevoeiro escuro flutuando no vão da porta com a sombra de um chapéu. Ela reconhecia a presença no ar, o forte cheiro de fumo de rolo. Não fazia ideia de quem era, mas sentia uma coisa ruim, diferente de tudo o que já experimentara, como se estivesse correndo risco de vida. A menina fingia dormir, apertando bem as pálpebras até a sensação de estar sendo observada desaparecer.

Naquela época, seus olhos de águia não perdiam um movimento de casa e ela se espavoria mal a noite chegava. Olhava para as irmãs e para Djanira, dormindo tranquilas, e as invejava, mas preferia sofrer em silêncio a contar o que via, até que ficou insuportável. Uma escuridão líquida começou a devorá-la com pensamentos horríveis de morte e ela tomou coragem para pedir ajuda à mãe.

Eliza, a contragosto de Irineu, levou Abigail em várias rezadeiras, que diagnosticaram quebrante, vento-virado, mau-olhado. Tentaram de tudo, mas o terror de Abigail piorava noite após noite. Foi uma das empregadas de casa que falou para Eliza de uma tal feiticeira da Nova Holanda.

Eliza chegou com Abigail na casa de d. Bea d'Holanda em uma sexta-feira de chuva; no ar havia o cheiro bom de coisa verde. A menina tinha cara de enfado e olhos fundos por não dormir, mas bastou um toque de Bea no meio de sua testa para cair no sono nos braços da mãe. Foi a preta velha da feiticeira quem indicou a origem da sombra sem rosto a perseguir a menina.

Muito tempo antes, na casa habitada pela família Alvarcz, viveu um senhor de engenho com muitas mulheres escravizadas exclusivas para reprodução. Uma delas, Maria Magé, foi escolhida para a função aos nove anos, quando desceram suas primeiras regras. Teve quinze filhos, todos vendidos tão logo completavam cinco anos e aprendiam o trabalho na lavoura. Na última gestação, aos vinte e um anos, teve complicações no parto e, junto do filho, perdeu também o útero, sendo morta a pauladas pelo capataz assim que seu leite secou.

Pouco antes de morrer, Maria Magé lançou sobre o capataz uma maldição: *Você nunca terá paz e viverá vagando pelo mundo por toda a eternidade.* Tempos depois, o capataz foi pego em uma emboscada por causa de uma dívida de jogo e morreu pendurado em uma árvore nas proximidades da fazenda. Sua alma andarilhava solitária pelas estradas, sem que ninguém a visse ou ouvisse, mas sempre voltava à casa onde vivera, buscando encontrar a mulher que o havia condenado — não se sabe se para pedir perdão e se livrar da pena ou amaldiçoá-la de volta. Muitos anos e andanças depois, encontrou a primeira alma que podia vê-lo: a menina Abigail.

Bea sabia que uma maldição daquelas não podia ser quebrada, e como não conseguiria libertar a garota da assombração, podia, ao menos, mandá-la para longe. Pegou uns raminhos de erva-de-santa-maria e uma tesoura e começou a sacudir os ramos e a abrir e fechar a tesoura ao redor da cabeça de Abigail, cortando o laço com o espectro enquanto rezava, pedindo a intercessão de são Cipriano e de santa Catarina. Repetiu a oração sete vezes, até que, com muita peleja, o espírito foi arrastado para longe e, preso no seu próprio destino, nunca mais perturbou ninguém.

A feiticeira também ensinou a Abigail uma reza para escondê-la dos espíritos. Não deixaria de vê-los, mas ao menos não seria mais vista e, assim, não atrairia mais os olhares beligerantes e invejosos das almas do outro mundo, que insistiam em se comportar como os vivos.

É um amuleto de proteção, coloque-o no pescoço, instruiu Bea ao entregar o cordão com um pingente feito de espelho que Abigail nunca mais tirou do pescoço. Mesmo tendo o fardo aliviado, a menina continuou a carregar em si uma sombra concentrada no crispar do lábio inferior, perceptível somente a quem olhava bem de perto.

Durante alguns meses, visitou Bea todos os fins de semana para aprender com ela a manejar o véu entre os mundos. Mantinha um caderno grosso onde anotava as coisas que via e, com ela, aprendeu a interpretar os sonhos e a ler o futuro nas cartas. Apesar de lidar com a face obscura do mundo, Abigail trazia consigo uma energia numinosa que antecipava sua chegada, como as aleluias anunciam a chuva ao cobrir os postes de luz.

Nesse entremeio, dividida entre os estudos da cozinha, da roça e das almas, não anteviu que se tornaria passarinho na arapuca ambiciosa do pai.

Em uma conversa com um pecuarista da Associação, dono de muitos hectares sem uso na mira dos projetos de assentamento em terras improdutivas, Irineu Alvarez viu uma oportunidade de aumentar ainda mais seu patrimônio, conquistado ao se casar com Eliza Moreno e partilhar sua herança. Para o pai de Abigail, matrimônio equivalia a dinheiro.

— Meu filho é um inútil, compadre Irineu — desabafou o Homem. — Desconfio que nem macho é, pelo tempo que passa enfurnado no quarto agarrado com meio mundo de livro. Não sabe lidar com um bezerro, imagina enfrentar a labuta de uma fazenda. A culpa é da finada, Deus a tenha, que insistiu pra ele ir estudar na capital. Voltou melindroso, cheio de frescura, dizendo ter vocação pra doutor, que não vai passar a vida mexendo com bosta de vaca. O compadre não vai acreditar! Eu levei ele lá no cabaré de Glorinha e ele se recusou a entrar, disse que era um lugar de quinta categoria, que não era que nem os bordéis do Recife. Pense na desfeita! A solução é me casar de novo e

fazer um novo herdeiro, ou minha família vai acabar com esse imprestável.
 Partiu de Irineu a proposta de casar os primogênitos. O Homem relutou um pouco, porque já tinha visto Abigail na Associação e pensara que gostaria de tê-la para si, mas concluiu que o melhor era investir no filho, que era jovem e podia fazer quantos herdeiros quisesse. *Ô, amigo, convença seu filho, que da minha parte já tá tudo certo,* disse Irineu, brindando com uma cachaça amarela e doce o destino da filha e o próprio.

O volume da voz do pai comunicando a sentença soava tão alto que, por um momento, Abigail pensou que seus tímpanos iriam explodir. Não acreditava que seu pai, o homem que tanto amava e a quem seguia por todo lado feito cão bem adestrado, havia sido capaz de vendê-la — sim, vendê-la, porque essa era a palavra para aquele tipo de coisa, gritava Abigail — por um punhado de terras e umas cabeças de gado.
 O choque de Abigail não foi nem tanto por seu pai ter mencionado o casamento — disso ele já falara várias vezes, sempre arranjava um ou outro pretendente que ela logo rejeitava. A dor vinha da traição. O pai sabia dos desejos de Abigail de estudar agronomia na capital, sabia que ela queria alargar o seu mundo para além dos limites de Arcádia, que ela tinha prometido à Beata Maria não se casar, mas nada disso importou para ele.
 Ela protestava, dizia: *Nunca, nem morta, eu me caso com um desconhecido. Pode me deserdar, me botar pra fora. Prefiro ser quenga no cabaré de Glorinha a me casar.* O acesso de raiva foi refreado com o tapa espalmado na cara que arrancou sangue pelo nariz. Mais uma traição. Mal sabia Abigail que aquele seria somente o primeiro dos muitos lutos que enfrentaria na vida.
 Levantou-se com a ajuda de Djanira e foi muda para o

quarto, deixando Irineu com a mão em fogo. Eliza chorava e pedia ao marido para repensar, que não era justo fazer aquilo com a menina. Fechando a mão em punho, mas sem coragem de levantá-la, Irineu se virou para a esposa:

— Se você tivesse me dado um filho homem, talvez isso não precisasse acontecer. Mas eu tenho cinco mulheres pra sustentar. Se eu morrer amanhã, quem vai cuidar dos negócios? Quem vai bancar toda essa mordomia de vocês?

Foi a primeira vez que Eliza sentiu medo na vida, medo do destino da filha e medo do marido, que tinha um gênio difícil, mas nunca havia levantado a mão dentro de casa. Naquela noite, não jantaram juntos como era costume. Irineu saiu e só voltou de madrugada. Eliza passou a noite rezando. E Abigail, deitada no colo de Djanira, chorou, fazendo todos os espíritos da casa ficarem inquietos, assobiando e batendo portas. Os ventos desceram da serra do Giqui dispostos a enlouquecer quem cruzasse seus caminhos.

Alguns dias depois, Abigail tentou sua primeira fuga.

— Bigá, a égua já tá pronta, viu? Coloquei rapadura, farinha e queijo no farnel, dá pra segurar uns dias. Tu sabe pra onde vai?

— Não sei, Dja, mas não sou galinha pra ser sacrificada.

— Se eu pudesse, te acompanhava.

— Eu sei. Mas um dia eu volto pra te buscar, prometo.

No meio da noite, montou a égua manga-larga, companheira na lida da fazenda. Não passou nem do cercado. Um dos empregados do pai viu a menina escapando e correu para chamar o patrão, que saiu atrás dela de carro, soltando fogo pelas ventas. Ela apanhou ali mesmo, no meio da estrada, com a rédea de lã trançada do bridão.

Depois desse dia, Abigail quase não comia. A tristeza lhe

rendeu noites de febre. Eliza aprendera com a mãe que nessas coisas de dinheiro quem dizia e desdizia eram os homens, então morria de pena, mas pouco podia fazer. Todos os dias se ajoelhava e rezava para a Beata Maria, santa das causas perdidas, botar um pouco de juízo na cabeça da filha e compaixão no coração do marido. Prometeu fazer uma romaria até seu túmulo em Juazeiro se a santa amansasse aqueles dois e fizesse com que eles voltassem a ter a afeição um do outro. Já tinha usado todos os argumentos que podia com Irineu, mas, se havia alguma chance de ele mudar de ideia, a insolência de Abigail não deixava.

— Maldição! Se eu fosse homem, hora dessas tava no meio do mundo — gritava Abigail toda vez que Eliza tentava apaziguá-la.

Ela ainda tentou fugir outras duas vezes. Na última, foi trancada no quarto com ordem de só sair no dia de conhecer o noivo. Jurou nunca mais usar o nome do pai. A mãe rezava e rezava para a Beata Maria proteger sua menina.

As irmãs de Abigail andavam assustadas, tentando adivinhar se aquele futuro também as aguardava. Nenhuma ilusão de romance ou conto de fadas ilustrado, como os que elas liam escondidas na madrugada, poderia convencê-las de que o amor era uma coisa bonita.

Domingo, dia dos Ibejis.

Um mês antes do casamento, o noivo foi conhecer Abigail. Na sala-grande da fazenda, ela se apresentou com o semblante de quem pertencia a outro mundo. O vestido longo escondia suas pernas e as marcas roxas que mantinha desde a primeira tentativa de fuga. Os cabelos estavam amarrados em um rabo de cavalo sem viço e duas manchas escuras se destacavam na palidez do rosto. Recebeu de Joaquim Mendes uma gérbera cor-de-rosa, que sua mãe a instruiu a pôr no cabelo, mas que ela, indiferente, jogou em cima do aparador. Ficaram sentados os dois, um em cada canto do sofá, sem falar uma só palavra.

Joaquim tinha vinte e cinco anos e desde os treze morava no Recife, onde havia feito o ensino formal e cursado direito. Tinha o corpo atlético, os cabelos e os olhos escuros e o maxilar bem definido, mas a pele clara e barbeada lhe dava um ar delicado e frágil, diferente da maioria dos homens que Abigail conhecia.

Joaquim herdara o caráter da mãe, Eugênia Mendes, que

na mocidade rechaçou pelos motivos mais aleatórios todos os rapazes que lhe propuseram casamento — esse era gordo demais, aquele velho demais, mas sobretudo porque não se via amarrada à vida doméstica. Gostava mesmo era da capital, onde podia frequentar cinemas e bons restaurantes, ir às modistas e acompanhar a vida das artistas da televisão, que ainda não tinha nem chegado em Arcádia.

Seu mundo desabou quando o pai morreu, deixando-a como responsável pela fazenda que, na época, já não ia bem das pernas. Alguns dias depois do velório, mal o corpo do defunto havia esfriado, o primo, funcionário da fazenda por muitos anos, a pediu em casamento. Diferente de Eugênia, solteira convicta, ele era viúvo — a mulher morrera em um parto, levando junto o filho — e, apesar de parentes, pertencia ao lado pobre da família.

Talvez tenha sido por desespero ou pelo senso de responsabilidade, por ser a filha mais velha, que Eugênia acabou aceitando o pedido. Precisava, convenceu-se, de um homem que se encarregasse dos negócios e que, acima de tudo, cuidasse de sua mãe e do futuro das irmãs. O primo não era de todo mal também. Apesar de ser uns vinte anos mais velho que ela, era bem-apessoado, andava sempre limpo e arrumado e conhecia os negócios da família.

Eugênia engravidou pouco depois do casamento e a gestação foi um verdadeiro purgatório. Desenvolveu diabetes e, por causa de uma hipertensão severa, teve de passar toda a gravidez na cama, mal se levantando para fazer as necessidades. O parto foi tão tenso que a parteira não esperava sobreviventes. Apesar do trauma, o bebê nasceu forte e saudável. Eugênia, por outro lado, seguiu com os problemas de saúde, que só pioraram.

Ao longo dos anos, Joaquim cresceu sem o carinho do pai, que o culpava pelo padecimento da esposa, e quase não convivia com a mãe, sempre acamada devido a alguma moléstia. Aos treze anos, foi enviado para o Marista, colégio interno no Recife que se gabava de ter uma formação cristã e ao mesmo tempo moderna, pois recebia os filhos de toda a elite recifense da época.

Passada a formação inicial, a mãe pediu que ele cursasse direito, para garantir seu futuro na capital. Não queria o filho voltando para o sertão, dizia ser lugar de gente atrasada. Joaquim concluiu o bacharelado com dificuldades, passando por pouco, com a desculpa de não ter vocação para o métier. Sonhava era em ser escritor, desejo que aplacava escrevendo colunas satíricas para o *Diário de Pernambuco* e participando de clubes literários e das reuniões da Academia Pernambucana de Letras, que, sendo apartidária, buscava não se envolver em questões políticas — diferentemente de outras agremiações, que ora eram vinculadas aos republicanos, ora aos libertadores, mas que acabariam todas anos depois com os militares.

Ao enviar o filho para o Recife, a mãe de Joaquim o salvou do caráter amargo e mesquinho do pai, que só se concretizou na segunda viuvez, quando herdou em definitivo as posses da esposa e pôde, então, obrigar Joaquim a voltar a Arcádia sob a ameaça de não dar mais um centavo para sua vida boa no Recife.

O rapaz ficou sabendo no meio de um jantar, em uma visita inusitada do pai à capital, que seu casamento já estava acertado com uma moça, filha de um fazendeiro importante de Arcádia. Tentou argumentar que ele também tinha parte na herança da mãe e que o pai não podia simplesmente cortar sua mesada. *Quantos bois você gasta por mês, Joaquim? Você sabe dizer? Porque foi isso que sua mãe nos deixou: terra e boi. Se você quiser sua parte, venha a Arcádia buscar. Quero ver como você se sai*, disse o pai, encerrando a conversa.

Joaquim não teve escolha. Ou melhor, até teve, mas não era estúpido e sabia que não fazia ideia de quanto valia uma terra naquele fim de mundo. Podia perder muito dinheiro e ter de largar a vida boa. Já que não levava jeito para jurista — nem para trabalho nenhum, verdade fosse dita —, cedeu ao capricho paterno.

Joaquim pensou que encontraria uma menina matuta que aguardava ansiosa por um príncipe em um cavalo branco. Decerto, as moças do interior deviam ser assim, tontas, diferentes daquelas espilicutes da capital com quem costumava se divertir nos saraus noturnos.

Abigail não era a mulher mais bonita que já vira, pensou, mas talvez fosse a roupa que não valorizava sua silhueta, ou então a cara aborrecida e o corte de cabelo fora de moda. Mas sua altivez despertou a curiosidade de Joaquim. Durante toda a hora e meia que passou em companhia dela, a menina sequer o olhou, fitando um ponto intangível da sala.

Café e chá de cidreira fumegavam nas xícaras. Tapiocas, broas e bolos esfriavam nas travessas. Era um quadro: Abigail em uma poltrona e Joaquim na outra. A mãe aboletada no sofá com as outras filhas sentadas ao redor dos dois.

Eliza e as irmãs de Abigail estavam muito animadas e inquiriam Joaquim sobre a vida na capital, perguntavam se ele tinha discos com as músicas que elas ouviam no rádio, se já havia visto um filme no cinema, se frequentava muitas festas. Duas semanas depois, ao final de mais um encontro em que não se ouvia palavra saída da boca de Abigail, ele perguntou o que ela gostava de ler e se lia em língua estrangeira. Ela respondeu que a única língua estrangeira que conhecia era a das almas do purgatório. Ele riu e seguiu com a conversa, mostrando o livro que tinha em mãos. Era *O apanhador no campo de centeio*, o favorito dele.

Enquanto Joaquim resumia o romance e lia alguns trechos para ela, o personagem principal, Holden, chamou a atenção de Abigail. Não parecia ser só a história de um menino meio rebelde que foge de casa na quarta vez em que é expulso da escola. Não, era o jeito dele de falar, a linguagem com a qual não estava acostumada. Até então só conhecia a literatura dos românticos, como José de Alencar e Joaquim Manuel de Macedo.

Holden Caulfield, ao contrário dos personagens que Abigail conhecia, pomposos em seu modo de falar disfarçando a arrogância, era um menino que dizia o que dava na telha. Como Holden, ela também achava a maioria das pessoas hipócrita e burra, que as regras não faziam sentido e que não deveria ter de fazer nada por obrigação. Mas também o achava meio idiota, pois reclamava sem motivos quando, na realidade, tinha tudo o que alguém poderia querer. Ela então entendeu por que Joaquim gostava tanto daquele livro: o personagem fugira, algo que ele não tinha coragem de fazer.

Se pudesse, ela também fugiria, viajaria pelo mundo e iria até o Sul. Havia lido em uma revista que lá caía neve no inverno, estação que Abigail não conhecia direito, porque inverno ali era quando chovia. Queria ver outros nasceres e pores do sol, conhecer outros tipos de bichos e de árvores, visitar o Recife e ver o mar de perto, sem falar na capital do Brasil, com seus palacetes e prédios mais altos que a serra do Giqui.

Unidos pela revolta com seus destinos, cada um à sua maneira, Joaquim e Abigail desenvolveram uma amizade. Ela compreendeu que, assim como ela, ele não havia planejado aquele futuro. Mas não entendia por que ele não lutava: era homem, vivido e estudado. O que importavam uns hectares no meio do nada e umas cabeças de boi? Se ele podia ser o que quisesse em qualquer lugar do mundo? Sua conformidade a exasperava.

Joaquim não é dos males o pior, confidenciou Abigail a Djanira. *É bonito, educado, mas tem um defeito que não suporto: a falta de arrojo. O homem não sabe nada sobre a lida, não faz ideia de onde começa ou termina a fazenda, nem tem coragem de enfrentar o pai.*

Quanto mais conversava com Joaquim, mais Abigail percebia que ele tinha aquela amabilidade e aquela placidez típicas do que chamavam ali de peão-aranha, aqueles homens que fazem tudo na palermice, cujo menor esforço é demais para eles. Chegou à conclusão de que isso podia ser bom para ela, afinal, havia aprendido com o melhor agricultor da região como colocar cabresto nesse tipo de peão.

Abigail e Joaquim se casaram em 25 de outubro de 1959, em Arcádia, na igreja de são Miguel, padroeiro do purgatório. O Sol fazia uma conjunção rara com Marte em escorpião, e se Abigail não estava de todo feliz, estava mais conformada. Joaquim era alguém fácil de lidar.

Eles haviam feito um acordo de manterem as aparências diante de todos. Se casariam e depois se mudariam para a capital, onde Abigail estudaria agronomia e, quando encontrasse um rumo na vida, Joaquim lhe daria o desquite. Seria como na novela *Trágica Mentira*, que ela gostava de assistir na TV Tupi. Ele aceitou de pronto.

Além disso, ela já não conseguia viver na mesma casa que Irineu. Sentia ódio só de olhar para o pai. Não suportava vê-lo passar perto, abominava o cheiro de cachaça que se tornara constante e seu jeito grosseiro de falar de boca cheia à mesa. Se não discutia mais com ele, era por causa dos apelos de Eliza. O pai se tornara para ela a criatura mais asquerosa do mundo, mais feio que o vulto do chapéu que lhe assombrara quando criança.

Na igreja, deveria entrar de braço dado com o pai, mas, ignorando o ritmo lento da marcha nupcial, adiantou o passo. Deixou Irineu correndo aos pulos atrás dela e a mãe com as mãos no rosto diante de tamanho embaraço.

Depois da cerimônia, foram para a festa na casa da família Mendes, para onde Abigail se mudaria após o casamento. Um sobrado imponente, no centro da cidade, com varandas amplas, piscina e um quintal imenso. Ali se armaram mesas para os convidados, um palco para os sanfoneiros e uma pista de dança que iluminou os olhos de Abigail. Tinha bebida à vontade e carne em abundância. Para a festa, foram sacrificados dois bois, quatro carneiros, vinte galinhas, além de outros animais.

No gramado enfeitado, moças e rapazes dançavam. Joaquim bebia e conversava com os amigos que vieram da capital para o casório. Abigail dançava com Djanira e as irmãs ao som de "Estúpido Cupido", de Celly Campello, rindo e imitando os passos de *rockabilly* que tinham visto na televisão. O sogro, que não tirara os olhos dela a noite inteira feito um cão de guarda, a agarrou e a puxou casa adentro.

— Nora minha não pode ficar se exibindo pra outros machos, não.

Ó! Ó, Cupido, *não fira um coração cansado de chorar*
Abigail foi arrastada para a despensa atrás da cozinha,
A *flecha do amor só traz a angústia e a dor*
os braços presos no alto, a anágua rasgada,
Mas, seu Cupido, o meu coração
as prateleiras ameaçando cair com as estocadas,
Não quer saber de mais uma paixão
ainda sangrando foi para o quarto de núpcias,
Por favor, vê se me deixa em paz
deitada no leito esperou o marido vir reivindicar sua parte,
Meu pobre coração já não aguenta mais
guardou o ódio no fundo do ventre e jurou matar o sogro.
Hei! Hei! É o fim. Ó! Ó, Cupido, vá longe de mim
A barriga inchou com a presteza de um tumor maligno.

Apesar de não saber direito o que acontecia na intimidade entre um homem e uma mulher, no caminho entre a despensa e o quarto Abigail sentiu a semente encontrando adubo em seu útero, conseguia ver o movimento da fecundação, o espermatozoide penetrando o óvulo, a fusão dos dois em uma coisa só para formar um embrião. Adivinhou o que viria a seguir.

Uma parte sua queria sair gritando aos quatro ventos, queria destruir as mesas, quebrar as garrafas, dilacerar as cordas dos instrumentos musicais. Mas o rompante foi refreado por uma calmaria que ela nunca havia sentido antes. Seu ódio, antes barulhento, se transformou em remanso como a hora azul da alvorada, pouco antes de o sol despontar no leste e os pássaros começarem a cantar.

Tomou um longo banho e esperou Joaquim voltar para o quarto. Pretendia contar o que acontecera, mas ele chegou tão bêbado que caiu na cama e só acordou no dia seguinte, sem perceber o que se passava com Abigail, sua agora esposa.

* * *

O feto crescia no piche odioso do ventre de Abigail e, conforme os dias foram passando, ela compreendeu que ninguém deveria saber o que havia acontecido, ou uma desgraça maior poderia suceder. Somente Djanira tomaria conhecimento da história alguns meses mais tarde.

Depois de muito pensar, entendeu que precisava resolver a situação. Uma dose de aguardente deu a ela a coragem de se deitar com Joaquim, quando uma noite, com quase uma semana de casados, ele chegou das noitadas arcadianas e se espalhou sobre a cama. Apesar de surpreso, não recusou o corpo belo e jovem de Abigail.

Daquela noite em diante, no entanto, não deixou mais Joaquim tocá-la e ele não entendeu o rompante nem suas outras decisões. Até uns dias antes do casamento, Abigail estava contente com o acordo que tinham feito, mas de repente decidira ficar em Arcádia. Semanas depois anunciou a gravidez e caiu em um mutismo que exasperava Joaquim. Por mais que tentasse entender onde errara, não havia resposta. E embora ressentido com as mudanças de humor da esposa, resolveu não insistir. Comunicou a ela que ficariam em Arcádia até a criança nascer, mas depois iriam para o Recife e, se ela não quisesse ir, que ficasse na fazenda, ele não se importava.

O sogro — que desde a noite de núpcias evitava Abigail, pois não aguentava o olhar de ódio que ela lhe dirigia — não cabia em si de satisfação e bradava para quem quisesse ouvir que, pela primeira vez, o filho não o decepcionara: sua linhagem continuaria no herdeiro, porque, sim, haveria de ser macho.

Durante o dia, Abigail ficava enfurnada nos afazeres da cozinha mesmo a contragosto da governanta da casa. *Não tem precisão de a senhora fazer nada, d. Abigail! Olha o tanto de empre-*

gada que tem aqui!, dizia a mulher, agoniada com o gênio da nova patroa. Abigail não se importava.

No fogão a carvão, encostava a barriga até não suportar mais. Perdera a conta de quantos chás de canela-arruda-cabacinha tomara às escondidas.

Comeu batatas germinadas,
sementes de gergelim,
ovos crus,
pasta de babosa,
mamão verde,
salsinha,
óleo de fígado de bacalhau
e nada de a peste descer.

Um sangramento leve e infrutífero oito semanas depois fez Abigail recorrer a Bea d'Holanda. Pegou o carro do marido e foi na casa da mãe buscar Djanira para ir junto. Mas só contou o que queria fazer quando já estavam às portas de Nova Holanda. Djanira não gostou da ideia — tinha pavor de que algo ruim acontecesse com a amiga —, mas foi convencida quando Abigail finalmente contou as circunstâncias da gravidez.

Embora Dja não entendesse muito bem como ela podia ter tanta certeza de que o bebê que esperava era do sogro e não do marido, não questionou. Essa seria a maior prova de amor que Abigail receberia em sua vida.

A feiticeira sabia muito dos mistérios do nascimento e da morte. Previa se vinha menina ou menino; dizia quais nomes seriam de sorte e de infortúnio; se o feto ia vingar ou se não ia. Virava o menino sentado dentro da barriga da mãe e o colocava na posição certa. Conhecia cada erva, raiz e tubérculo. Lia as estrelas e dizia se ia chover com a mesma facilidade com que lia nas mãos de todos a hora da morte, onde e como.

Bea d'Holanda pousou o olhar em Abigail e já sabia o que a levara ali.

Ninguém sabia ao certo sua idade.

Era fato conhecido que Beatriz de Orange, também chamada de Bea d'Holanda, era a única remanescente da vila instalada no século XIX por um viajante holandês que, cansado de romper mares, foi romper mato e se aquietou na caatinga, criando uma espécie de réplica de Utrecht, sua cidade natal. Chegou já casado e com cinco dos dezoito filhos que viria a ter, entre eles o pai de Bea, que enriqueceu com a criação de gado caprino.

Era a caçula e a única menina entre dez irmãos, que migraram ainda moços para o Sudeste, correndo atrás das promessas de progresso e de dinheiro. Desde criança, convivia com visagens e aparições. Enquanto os outros estavam na roça, ela brincava e conversava com as livusias no quintal de casa.

Sua mãe nunca estranhou. As muitas gerações de mulheres de sua família foram acusadas de bruxaria, e as almas também haviam sido sua companhia na infância, antes de ser trazida ao Brasil para se casar com um primo distante. Tinha onze anos e trouxe consigo da Holanda poucas roupas e um baú cheio de bonecas, com as quais brincava após os afazeres domésticos. No ano seguinte, teve que abandoná-las para cuidar de um bebê de verdade e dos outros nove que viriam, um atrás do outro. Não tinha mais tempo para conversar com as almas nem com as bonecas, mas tratou de ensinar sua língua materna aos filhos, que, embora nascidos no sertão, carregavam na pele e na alma a herança do além-mar.

Bea descobriu que carregava a sina da mãe em uma noite de lua cheia, quando despertou com os gritos do irmão mais velho.

— Bea! Bea! Vem aqui.

A rede começou a balançar sozinha no ritmo da voz. Ela se levantou e seguiu o chamado pelo quarto, onde dormia com a caçula. A voz a levou até o quintal, onde encontrou o irmão parado perto do galinheiro segurando as próprias tripas. Não se assustou nem um pouco. Se acocorou no meio do terreiro, paciente, escutando a lamúria do irmão, inconsolável por haver desencarnado, até que voltou a dormir.

Quando acordou, junto dos primeiros raios de sol, não o encontrou ali. Foi buscar água na cacimba para fazer o café e parou diante da mãe, que sovava massa de mandioca. Sem saber como contar a história, achou melhor não enrolar muito:

— *Mamma*, meu irmão veio aqui ontem... — A mãe descansou as mãos sobre a massa e esperou Bea terminar, mesmo já sabendo o que viria. — Acho que ele morreu.

Ela limpou as mãos no avental e mandou Bea terminar de preparar a massa. Buscou o marido no curral e foram de carroça até Arcádia, na agência dos correios — à época, era o único lugar com telefone por ali. Não conseguiram falar com o dono do garimpo em Minas Gerais onde o filho trabalhava havia dois anos, então tiveram de mandar um telegrama.

Por três meses esperaram uma resposta, até que chegou uma carta com uma nota de duzentos réis que o rapaz ganhara antes de entrar numa briga de facas. O dinheiro nunca foi gasto. A mãe de Bea colocou a nota junto do retrato do filho mais velho na parede da sala de estar. A imagem das mãos grossas do irmão segurando as tripas sempre vinha à cabeça de Bea quando ela olhava para a nota no quadro.

Bea cuidava com um zelo profundo de cada pedra da vila, seu mundo perfeito. Usava os cabelos longos e loiros presos em tranças ao redor da cabeça, como aprendera com a mãe, e vestia roupas cor-de-rosa e sandálias brancas de couro. Os canteiros de flores cresciam coloridos. Margaridas, purpurinas e girassóis supriam a falta das tulipas, que jamais sobreviveriam ao calor. Era como uma princesa em um conto de fadas.

Um dia, o pai demorou a voltar do curral e ela saiu para buscá-lo. Encontrou-o caído numa poça de leite ao lado de uma das vacas mais gordas da propriedade.

— *Papa, papa...*

Sem resposta, aproximou-se. Virou o corpo do pai. Sentou-se no chão e o apoiou em seu colo, balançando para a frente e para trás, como se o movimento pudesse liberar o nó que lhe estrangulava os órgãos. Do fundo de sua alma, um grito berrante, sumo de toda a tristeza, teve a força de secar o leite de todas as vacas do curral para sempre.

Depois do velório, determinou que não se casaria nem teria filhos. Achava que a maternidade poderia tirar seu dom de ver os espíritos, como acontecera com a mãe. Não suportaria não ver mais seu pai saindo todas as manhãs para tirar o leite invisível das vacas do curral nos anos que se seguiram — mesmo quando as vacas deixaram de existir, quando as flores murcharam e as pessoas foram embora. Bea ficou ali, preenchida pelos fantasmas de seus mortos.

Um ou outro sobrinho ainda a visitavam de vez em quando, doidos para que a velha de idade misteriosa morresse e liberasse a terra. Planejavam converter a propriedade em vinícola turística, aproveitando o estilo holandês das casas, mas ela se recusava a morrer. No fundo, Bea d'Holanda nunca deixou de ser a menina que esperava o pai voltar do curral.

Falavam que tudo o que Bea sabia havia aprendido com uma aticum-umã chamada Amanaci, que morou em Nova Holanda por muitos anos, depois de ter a casa atacada por um grupo de posseiros por conta de um litígio de terras no sertão de dentro. No ataque, morreram seu marido e seus sete filhos, e só não a mataram porque, revezando-se para se divertirem com ela, um dos homens se distraiu e ela conseguiu fugir, toda machucada.

Amanaci acabou ficando na vila. Com ela, Bea aprendeu a fazer lambedores, poções e rezas que curavam os males do corpo — de vento caído e nervo trilhado a lombriga assustada, de sol na cabeça a estiramento do osso, de cobreiro a espinhela caída. As receitas de Amanaci curavam gripe e amor não correspondido. Chifre, dor de dente e dor do peito eram tratáveis com a mesma tisana. Com o tempo, ela e Bea foram substituindo as flores pelas plantas medicinais. No quintal tinha de tudo: erva-de-santa-maria, algodão, arnica, mamona, arruda, pinhão-roxo, manjericão e capim-santo. Era quase uma floresta sagrada.

Após a morte de Amanaci, e de posse de tantos saberes, a feiticeira holandesa, clarividente desde pequena, tomou seu lugar e se tornou muito requisitada. Nas suas mãos, diversos mundos se amalgamavam.

Quando, anos antes, Eliza Moreno pediu ajuda para a filha, que caxingava com o peso do encosto do capataz, Bea se comoveu. Resolveu adotá-la como aprendiz. Sentia que, diferente de outras que passavam por ali, fingindo visagem para se amostrar, a menina tinha mesmo o dom — ou o fardo — de ver espíritos e sonhar com eles.

Bea era uma mulher que fazia o que queria e não prestava contas a ninguém. E esse era também o sonho de Abigail, poder governar seu próprio destino.

O sangue da galinha sem cabeça, pendurada pelos pés no varal de secar roupa, caía a conta-gotas na bacia de metal. O barulho constante, amplificado pela tensão, zunia nos ouvidos de Abigail.

Bea, com os cabelos brancos e finos soltos ao vento, a cara engiada feito maracujá maduro, andava em círculos, sacudindo um ramo de pinhão-roxo para lá e para cá, recitando algaravias e estalando a língua em um ritmo que tonteava Abigail.

Quando julgou ser o momento, Bea parou em frente à bacia cheia de sangue e o misturou com o indicador, pegou um tanto da gelatina preta e pintou a barriga de Abigail, que já se amostrava. Abigail controlava a vontade de vomitar apertando as unhas contra a palma das mãos. Não fosse Djanira a segurando por trás, teria desmaiado.

O enjoo parou quando experimentou novamente aquela presença invisível que acalmara seu espírito na noite do casamento. A mesma que a abraçara e a impedira de sair berrando pela casa. Sentiu-se flutuar, alguma coisa tomar posse de seu corpo, movendo-se em uma dança perfeita, girando pelo terreiro, cantando algo que não entendia. Via tudo isso de cima, de fora do corpo, feito sonho, mas não entendeu o que estava acontecendo até despertar do transe e perceber que estava sentada no chão, nos braços de Djanira.

Bea lhe entregou um copo com água e sumo de limão para limpar as energias e contou que uma entidade havia se apresentado. A Encantada disse que chegara o tempo de se revelar e pediu para Abigail não se aperrear, pois tudo se resolveria, mas a criança que ela carregava na matriz viria ao mundo, não importava o que ela fizesse. Bea, que não ousava enfrentar as ordens vindas do além, só podia orientar a menina para o que se daria quando a criança nascesse.

Abigail chorou tanto que seus olhos secaram. Somente muitos anos mais tarde conseguiria chorar de novo. Naquela noite, teve seu primeiro sonho com a Encantada, que dali em diante passou a acompanhá-la. Vez ou outra podia jurar que via a sombra de suas saias se arrastando pelos corredores de casa, mas não sentia medo. Ao contrário, pela primeira vez na vida sentia-se completa.

Por volta da meia-noite da virada do dia 3 de julho de 1960, as dores eram como unhas afiadas tentando rasgar uma saída. Sobre os lábios de Abigail, o suor desenhou um bigode, e os pelos de seu corpo se eriçaram de agonia. Andava pelo quarto, impaciente, parando de vez em quando por causa das contrações. Se recusara a ir para o hospital e dissera que perto dela só queria Djanira e Bea d'Holanda. Quando Bea avisou que era hora de começar a trabalhar, Abigail se deitou na cama, com a ajuda de Djanira.

Os gritos quebrantaram as paredes, ricocheteando pelos corredores da casa. Na sala, Eliza tentava se acalmar com chá de camomila, e Joaquim arrancava o couro das unhas, afobado pelos gritos da esposa. O pai e o sogro de Abigail bebiam tranquilos na varanda, e quando o berreiro do bebê ecoou pela casa, comemoraram como se tivessem ganhado na loteria.

Djanira pegou a criaturinha cabeluda e a colocou no colo de Abigail. Hesitante, ela tomou o bebê nos braços. Dizem que uma mãe quando vê o filho pela primeira vez sente um amor inexplicável, mas ela só confirmou o que já sabia e devolveu o menino para a amiga. O bebê passou pelas mãos das empregadas, que admiraram sua compleição; dos avós, que não cabiam em si de satisfação; e até Joaquim, que achava não ter vocação paternal, ficou estremecido com a perfeição do menino.

Abigail desmaiou de cansaço e só acordou com o bater do relógio de corda da sala anunciando o alvorecer. Viu Djanira dormindo na poltrona ao lado do berço. O menino também dormia. Levantou e passou um bom tempo olhando para ele, a coragem se esvaindo no ritmo do tique-taque do relógio, mas um movimento da criança, algo quase imperceptível, uma contração leve das sobrancelhas, fez com que a noite do seu casamento retornasse à memória feito um tornado.

Foi até a mesa de cabeceira e pegou a mamadeira com leite de mamona que escondera semanas antes e encaixou-a na boca do bichinho. Semidesperto, ele sugou aflito o bico de cortiça com o líquido da Medeia.

Para surpresa de Abigail, o menino não fez nenhum barulho. Terminou o leite como quem sela um destino e descansou plácido da sua breve passagem pelo mundo dos vivos abarcando com a mão inteira o dedo indicador da mãe.

Na rede, o sogro de Abigail abriu os olhos, mas não conseguiu se mexer. Pareceu ver diante de si o vulto da nora com o bebê nos braços, branco feito mármore, os olhos vítreos e uma baba branca escorrendo por entre os lábios. Tentou se levantar, mas o corpo não lhe obedecia. Gritou, mas não se fazia som nenhum.

Foi a empregada que encontrou o dono da casa estirado na rede, de olhos arregalados. Saiu correndo a buscar ajuda e encontrou Joaquim chorando a morte do filho, que, sem explicação, virara anjinho durante o sono da madrugada. No dia seguinte, em uma cerimônia simples, Abigail enterrou, junto do filho, toda a inocência de sua infância.

A criança foi velada e enterrada enquanto o avô estava no hospital da capital. Duas semanas depois, quando retornou à fazenda em uma cadeira de rodas, seu aspecto assustou até as empregadas mais antigas. O rosto caído para o lado esquerdo se desmanchava em uma expressão maquiavélica. Do lado direito, a face tremia feito lira, vibrando ao toque mais leve. O médico dissera que o derrame causara danos irreversíveis e que ele não voltaria a falar ou andar, embora entendesse tudo o que se passava ao redor.

Ninguém lhe contara sobre a morte prematura do neto, para não piorar a situação, mas de alguma forma ele sabia. O menino surgia em seus sonhos chorando e pedindo colo. Da boca banguela saía a baba leitosa que escorria até chegar a ele, alcançando-o, não importava onde se escondesse no escafandro da própria cabeça. Afogava-se naquela gosma láctea e despertava sufocando. O Homem pediu tanto pela morte que, em alguns meses, ela veio.

No dia seguinte ao enterro do sogro, Abigail voltou a dançar em uma roda de são Gonçalo.

Depois da morte do sogro, Abigail, já sabendo do desinteresse do marido nos assuntos da fazenda, viu nisso uma oportunidade. Se dependesse da vontade de Joaquim, eles venderiam tudo e se mudariam para o Recife, mas se essa ideia um dia a seduzira, estando então livre do sogro, conseguia vislumbrar outro futuro.

O marido podia até ser o herdeiro de direito, mas era ela quem sabia administrar uma fazenda — tinha aprendido tudo o que precisava com o pai e, embora até tivesse jeito para a pecuária, gostava mesmo era da lavoura. Era agricultora por vocação.

Propôs a Joaquim que vendessem o gado e investissem em fruticultura irrigada, a mina de ouro daquele lugar. Abigail não seria a primeira mulher a comandar uma fazenda por aquelas bandas. Sabia bem que, para uma mulher sozinha no mundo, o respeito era algo difícil de ser conquistado, mas casada, com nome, sobrenome e dinheiro, poderia se tornar alguém.

A princípio, Joaquim se mostrou reticente, saudoso do plano original de se mudarem para a capital, mas o que ele tinha de preguiçoso, não tinha de burro. Se a esposa ficasse ali e fizesse a fazenda prosperar, ele também prosperaria.

E acabou se afeiçoando a Abigail, principalmente depois da morte do filho, que despertara nele algo do amor paternal que nunca tivera na infância. Pelo pouco que conhecia da mulher, sabia que ela era capaz de qualquer coisa, então propôs um novo acordo: ficariam na fazenda, como ela queria, e Abigail tomaria conta dos negócios, mas não exigiria nada dele além do que estava disposto a dar: sua presença ocasional.

Para ele, bastava saber que teria tudo ao seu dispor e que poderia viajar sempre que quisesse. No Recife tinha seus próprios afazeres, os amigos no clube de campo, as críticas literárias que escrevia para um ou dois jornais, as reuniões da Academia Pernambucana de Letras, os prazeres noturnos do porto. Não queria abrir mão disso e julgou que, mesmo que as pessoas falassem — e haveriam de falar —, seria um preço pequeno a pagar, diante do conforto que teria.

Concordaram em vender parte do gado, deixando só as vacas leiteiras, e em manter a casa em Arcádia. Com o dinheiro, Abigail se dedicaria à fruticultura. Mas ela ainda queria ir além e investir no plantio de uva.

Durante o inventário do pai de Joaquim, descobriram a escritura de um terreno na fronteira de Arcádia, não muito longe dali. O vale de Urânia. Abigail conhecia bem a região: costumava caçar preás e tatus por aquelas bandas, só não fazia ideia de que aquele magote de chão pertencia ao sogro. *Talvez por isso estivesse tudo ao deus-dará, aquele infeliz não tinha tino para nada*, pensou. *Mas com o rio Opará ali do lado e gente disposta a arar, aquele pedaço de terra pode prosperar.*

A viticultura já existia nos quintais das fazendas, mas não era levada a sério. Seu plantio exigia cuidado e um investimento que nem todo mundo tinha condições de fazer. Abigail era fascinada pelas videiras. Quando criança, fez uma estufa rústica em casa, onde cultivou com sucesso um parreiral modesto que dava uvas deliciosas. Foi o pai que não quis dar sequência. Para Irineu, o risco do empreendimento era grande demais, por isso se manteve conservador, cultivando as goiabas, bananas e mangas de sempre, que tinham venda certa e não davam prejuízo. Com o vale de Urânia todo para si e capital o bastante para investir, Abigail agora poderia planejar com calma o plantio de uvas, com a coragem que o pai não teve.

Por três meses, ela estudou o processo de plantio, irrigação e colheita da uva com uma agrônoma especializada que contratara para o serviço. Abigail juntaria gente, dizendo aos quatro ventos: *Quem quiser me seguir, venha e terá terra e trabalho garantidos.*

Urânia, até então perturbada apenas por algumas almas penadas que nada faziam, nunca mais teve paz.

Antes de se mudar para Urânia, Abigail voltou à casa dos pais uma última vez para buscar Djanira. Pegou o jipe e foi até a fazenda Alvarez, entrou na sala da casa onde havia crescido e percebeu que não reconhecia mais nada.

A mãe e as irmãs a receberam em festa, e o pai, muito sério, agarrado a um jornal, baixou-o apenas o suficiente para olhar Abigail, que não lhe pediu a bênção, como era o costume. Ela comunicou, sem enrolar muito, que estava ali só para buscar Djanira.

O pai limitou-se a informar que Djanira estava de casamento marcado e que de lá ela só sairia com o marido. Abigail o ignorou e foi até o quarto da amiga, que, dividida entre a gratidão que sentia por Eliza e Irineu e a devoção a Abigail, não sabia muito bem o que fazer. Cedeu, porém, à situação e foi juntando em uma bolsa seus poucos pertences. Assim como outrora com

Abigail, Djanira não desejava o casamento arranjado por Irineu sem lhe consultar.

Abigail se despediu da mãe e das irmãs, mas já na saída foi parada pela figura do pai. Se antes lhe parecia tão imensa, agora não a surpreendia mais. Tinham a mesma altura e encaravam-se testa a testa.

— Você não me tira essa menina daqui, Abigail Alvarez!

— Abigail Alvarez não existe mais, seu Irineu. Eu faço o que quero, não tenho dono e nem obedeço a mais ninguém. Saia o senhor da minha frente.

Irineu, que havia enfrentado boi bravo por boa parte da vida, sabia pelo jeito de olhar quando uma fera não podia ser domada sem o risco de matar o vaqueiro. A água que encheu seus olhos não comoveu Abigail, que, diante do recuo do pai, atravessou a soleira da casa onde vivera sua meninice para nunca mais voltar.

Amofinada em seus pensamentos, Abigail descansava sob a sombra de um umbuzeiro, diante de uma enorme pedra acorrentada ao chão, e não percebeu quando a Encantada chegou.

Tomou um susto ao sentir o roçar das saias em seus pés, passando como um vento matreiro. Era sua primeira vez cara a cara com ela, mas reconhecia a energia calmante que havia sentido das outras vezes.

Semelhava a um passarinho e, apesar de seu rosto lembrar o de uma mulher muito vivida, apresentava um corpo jovem. Seus cabelos cacheados e negros dançavam ao vento, e ela estava enfeitada com colares e pulseiras feitas de sementes roxas. Estendeu as mãos para Abigail e a fez tocar a corrente que segurava a pedra. A corrente se rompeu e uma água muito cristalina começou a jorrar e molhar os pés de ambas.

Cada vez mais rápida e mais forte, a água foi cercando tudo e subindo pelas canelas de Abigail, fazendo do vale uma piscina. A jovem apertou ainda mais a mão da Encantada, mas ela disse que não precisava ter medo, que a água ajudaria a contar a história.

* * *

O vale de Urânia ficava entre duas grandes rochas e se formara milênios atrás, no tempo em que as últimas corredeiras de água salgada deixaram aquele leito. Foi moldado de um pedaço de rocha irrompido do fundo do oceano, um rastilho de coloração verde-escura que subiu em vórtice para a superfície e criou o que os povos antigos chamaram de *erá*, casa, hoje chamado de sertão. As palavras sempre tentam dar conta de coisas que não cabem na linguagem.

Havia muitas estrelas no céu que não se viam mais, os peixes viraram seixos na dança das placas tectônicas e o oceano foi para longe. O chão foi povoado primeiro por animais escamosos e invertebrados. Depois, os bichos de quatro patas foram se achegando. Ainda sem saber bem o que eram ou o que foram fazer ali, alternavam uns minutos de sono profundo com outros curiando a vida na superfície. O vento balançava as folhas das árvores, levantava poeira, e a eletricidade do ar riscava faísca nas pedras onde repousavam as protetoras do sertão, as serpentes. Arrastando as escamas pela terra ou subindo nos galhos das árvores, elas observavam o ciclo infinito de vida e de morte acontecendo sob contínuos nasceres e pores do sol.

O bicho de dois pés demorou a surgir, e na ocasião causou um apavoramento nos que já viviam ali. Eram engraçados, chamados cariris. *Eré*, macho, cozinhava nove luas em banho-maria na barriga da *u-ruté*, fêmea, estufada até quase explodir, e logo brotavam os borreguinhos, berrando por leite e atenção.

Pequenos e barulhentos, cresciam feito sapos. A pele lisa e firme com o tempo era trocada por outra, murcha e flácida — uma ecdise inversa. O tempo se distraía por um segundo e logo lhes chegava *nhá*, a morte, libertando os espíritos que povoariam outras barrigas, enquanto a matéria serviria de alimento para os seres subterrâneos, em um ciclo infinito. Era tudo uma coisa só, simples etapas de uma existência plena.

Viviam em paz naquela morada, a casa de *sú-úãngiu*, como eles chamavam a cobra de fogo, a grande serpente adorada por eles. Por centenas de anos viveram uma vida quieta, até a chegada dos caraí, os homens brancos. O horror branco obrigou a terra a beber sangue. Os cariris resistiram como puderam até um buraco se abrir bem onde ficava o coração de *sú-úãngiu*, no meio do sertão, desenterrando do fundo uma peste. Jararacas, centopeias e escorpiões enxamearam o lugar, devorando sem pena as carnes pálidas e flácidas.

Quando tudo acabou, restaram poucos cariris. Do buraco, jorrava uma água lodosa que nunca secou, batizada por eles de *Teiwaridzá*, "Boca do Mundo". Assombrados demais para permanecerem ali, fecharam-no com uma pedra acorrentada ao chão e partiram para longe, para o Norte, para o coração da floresta amazônica.

Os caraí pediram misericórdia ao deus deles, mas não adiantou. Apavorados pelo buraco de onde jorrava a água misteriosa, montaram seus fogos ao redor daqueles domínios, e o vale embruxado ficou imprensado no leito entre a serra das Almas e a serra do Giqui. Se no olhar dos cariris a terra era mágica, no dos caraí ela se fragmentou feito um espelho quebrado em diversos pedaços, um não corpo.

A Boca do mundo era o coração do sertão sangrando.

Muitos anos depois, o vale foi reivindicado em uma divisão de terras feita pelos fazendeiros, que encontraram nele um bom lugar para a criação de bois e a produção de couro. Um deles, tataravô de Joaquim, interessado em astronomia e encantado pelas constelações estampadas no céu, batizou o vale com o nome da deusa que domina e governa os astros: Urânia. Ironicamente, porém, a terra não se deixou dominar, o projeto não vingou e o vale ficou vazio de homens por muitos anos.

Nós esperávamos alguém que cuidasse do vale feito uma onça cuida de seus filhotes, que não permitisse que a mão de homem tocasse fogo nas matas e nem machucasse os bichos, por isso trouxemos você aqui.

Mesmo desperta, o sonho e a voz da Encantada continuaram reverberando na cabeça de Abigail. Naquele mesmo dia, foi à cidade e encomendou uma placa com os dizeres: *Bem-vinda a Urânia*. Assim, no feminino, pois ali homem nenhum teria vez.

Abigail se mudou para Urânia no dia em que completou dezoito anos.

Os homens ficavam espantados com a força daquela mulher, boa não só em dar ordens, mas também em fazer o trabalho pesado. O povo foi chegando, montando seus fogos nos arredores, e Abigail lhes dava um pedaço de terra para construírem a casa e garantia o trabalho na lavoura.

A pedra acorrentada ainda estava lá, a encruzilhada primeira, onde os cariris foram sacrificados em nome da ganância dos brancos. Com medo de mau agouro, Abigail teve a ideia de tirá-la de lá e tapar o buraco com calçamento, mas corria um dizer antigo de que, se a pedra fosse retirada, o vale seria inundado, o sertão voltaria a ser mar e todos seriam devorados por uma serpente marinha gigante, habitante da barriga da Terra.

Talvez o monstro estivesse desperto, porque o chão tremeu e apavorou todos os que tentaram tirar a pedra do lugar. Nenhum sujeito no mundo queria assumir o risco de mexer naquilo. O terreno ao redor, enlameado e escorregadio, fazia cair quem quer que se aproximasse, as taturanas saíam a mordiscar os pés dos homens, as caranguejeiras entravam nas roupas e nas botas, enlouquecendo quem chegava perto.

Na escuridão noturna, os grilos faziam cantoria, vaga-lumes se acendiam como velas, deixando as noites claras, e serpentes sibilavam alto ao redor deles. A Boca do mundo não deixava ninguém dormir, e, se alguém conseguisse pegar no sono, o sonho se tornava pesadelo, então por fim desistiam.

Arretada com a dificuldade, Abigail mandou buscar um carregamento de pedra São Tomé. Decretou a construção de uma praça e cravou um chafariz luminoso em cima da pedra, cobrindo de vez a lápide acorrentada. Porém, em noite de lua, o povo ainda podia escutar um sibilo de cobra saindo de dentro do chafariz, e não tinha quem andasse sozinho na praça depois da meia-noite do domingo, na virada para o dia das almas.

Dois anos depois da chegada de Abigail, já havia eletricidade, posto telefônico e uma linha de ônibus que ligava Arcádia à capital: passava domingo, terça e sexta-feira. O povoado rapidamente se tornou um importante entreposto comercial.

O que começou como uma modesta roça de uva conquistou cerca de dois hectares plantados e uma grande área onde estava sendo construída a Vinícola Moreno, sobrenome materno que Abigail adotou por se recusar a usar os nomes do pai ou do marido.

A escola e o posto de saúde foram construídos para atender às demandas das trabalhadoras, e todo domingo havia uma feira regada a bebida, carne assada e música, onde ocorria a venda e a troca dos produtos cultivados por ali.

Com a morte do pai, Abigail trouxe a mãe para morar com ela. Pediu então que fosse erguida uma capela em homenagem à beata Maria de Araújo, crença que d. Eliza herdara da mãe, desde o tempo em que esta foi em romaria conhecer a casa do padre Cícero em Juazeiro do Norte e voltou com a devoção.

Em Juazeiro, o padre era mais venerado que a santinha, mas na freguesia de Arcádia ela obrara muitos milagres. Contava-se que, desde meninota, a beata sacrificou sua vida aos mistérios da fé; armava altar em casa e brincava de celebrar missa; viajava em espírito para o céu, tinha visões, abria-se em estigmas, fazia profecias. Em certa madrugada, transmutou a hóstia — corpo branco do deus branco — em sangue, banhando o chão e as próprias roupas com a linfa.

Ninguém devia ser capaz de entregar o próprio corpo a tormentos terríveis se não fosse por amor. Ninguém verteria tanto sangue e continuaria respirando. Só podia ser milagre. O sangue precioso que jorrava das hóstias consumidas pela beata atraiu centenas de pessoas para Juazeiro e consagrou sua santidade.

Os devotos de Maria colhiam o líquido precioso em guardanapos de pano, folhas de dracena que a avó de Abigail levou para Arcádia junto com o retrato da beata. Muito inspirada, enquadrou as relíquias e começou uma novena, rezada todo mês no dia 14, data da morte de Maria. As mulheres vestiam preto, usavam um véu sobre a cabeça e passavam horas recitando a oração:

Salve, Beata Maria,
cheia de graça divina,
com paciência e amor
cumpriu bem a sua sina.

Com o sangue da sua boca,
do mundo lava os pecados.
Mesmo sendo condenada,
aguentou todos os fardos.

Ouve, Beata Maria,
ouve a nossa oração.

Tende piedade de nós,
não largue da nossa mão.

Abigail era menina, mas não se esquecia do espanto que sentira ao ver pela primeira vez a santa, pretinha como ela. Até então, só conhecia santas agalegadas e de olhos azuis. A avó contava histórias sobre a beata exagerando nos detalhes para as netas perceberem o quanto Maria era grandiosa.

No casamento celestial, os querubins cantaram e tocaram harpas etéreas. Jesus olhou para Maria e colocou em sua cabeça uma coroa de espinhos igualzinha à dele, dizendo: Eu te darei um coração capaz de me amar, *mal sabendo ele que Maria era só amor por dentro e por fora. Ela aceitou esse fardo com muita resignação e, sendo perseguida pelos homens da Igreja, acabou presa em um convento até o fim da vida. Depois que morreu, ainda destruíram seu túmulo e sumiram com o corpo.*

Nessa época, Abigail ainda pequena, sem saber o que o destino lhe reservava, jurou a si mesma nunca se casar, pois se Deus havia machucado a Beata Maria, uma santa, com tantas provações, fazendo ela sangrar por todos os lados, o que dizer dos homens de carne e osso? Dos tios que a olhavam de um jeito estranho, fazendo-a corar de vergonha? Do pai gritando com a mãe nos momentos de raiva? Do avô, tão amável, mas ausente?

A capela foi inaugurada no aniversário de Abigail. Tinha paredes azuis e uma estátua da beata em tamanho real, feita por uma artesã. A praça estava enfeitada com luzes e bandeirolas, comida e bebida para alimentar quem por ali passasse.

O padre chegou à zona rural que dividia Arcádia e Urânia e, ao ver a santa padroeira, teve um achaque:

— Não posso entronizar uma santa que não existe! Ainda mais uma preta!

Abigail, nervosa, mandou continuar a festa, pois se o padre não queria, ela mesma colocaria a imagem no lugar destinado à beata, atrás do altar. Armou-se uma barafunda dos infernos:

— O senhor pode ir embora, não carece mais de sua presença por aqui.

— Minha senhora, vamos ver o que o bispo acha disso. Hoje mesmo envio uma carta a ele.

— Por mim o senhor pode escrever até pro papa. A igreja é da beata ou eu não me chamo Abigail Moreno.

O padre voltou no mesmo passo que o trouxe. A capela ficou sem sacerdote oficial, mas muito bem cuidada pelas mulheres de Urânia.

Depois de um tempo, o desejo de ter uma cria começou a rondar Abigail. Se pegava olhando os bezerros mamando nas vacas, os pintos que rodeavam as galinhas, e fantasiava como seria ter um bacurizinho todo seu correndo pela fazenda. Ela se lembrava da infância, da alegria de uma casa cheia, de como fora feliz nas brincadeiras com as irmãs e com Djanira, nas festas e danças de são Gonçalo.

Até ali sua filha era a vinícola, a quem se dedicava inteiramente, mas todos os meses a memória do seu corpo a fazia recordar que dentro dela já vivera alguém. A dor e o sangramento a lembravam de que seu útero havia sido casa. Não que algum dia houvesse esquecido, fazia questão de manter limpo o túmulo de seu primeiro filho e sempre o visitava nas datas de seu nascimento e no Dia de Finados, mas aquela era uma memória amarga feito o leite de mamona que o menino devorara.

Um dia, retornando para o povoado, quase atropelou um cabritinho que, perdido da mãe, corria destrambelhado pela estrada. Pôs o cabrito na camioneta e o levou para casa. Alimentou o pequeno com mamadeira, cuidou dele e criou uma relação de afeto, carregando o borrego para cima e para baixo. Todo mundo estranhou, acostumados à frieza de Abigail, que não era de distribuir carinho gratuito a ninguém.

Com a dúvida corroendo seu espírito, rezou para a Encantada, que a encontrou em sonho.

— Seria bom ter uma criança por aqui, não acha?
— Eu gosto dos *inghes*. Antigamente, tinha muitos por aqui. Eu brincava de me mostrar pra eles. Eles me adoravam.
— Eu já estou passando da idade. Além disso, qual o sentido de construir isso tudo se não há pra quem deixar?
— Eu vejo uma cria no seu futuro.
— E como ela é?
— De você ela vai herdar a inteligência, mas vai ser doce e gentil como o pai — disse a Encantada, soprando um dente-de-leão na direção de Abigail.

Abigail contou as noites pela lua, e em uma delas procurou Joaquim. Eles sempre dormiram em quartos separados e só haviam se deitado juntos uma vez. Joaquim costumava passar meses na capital, e geralmente voltava para casa na época de chuvas, que, se no litoral tornavam o ar quente e pegajoso, no sertão traziam alívio e frescor.

Ele sempre respeitou a distância que Abigail tomara e atribuía isso ao gênio indomável dela, mas adorava sua companhia. Quando estavam juntos, conversavam, riam e compartilhavam leituras. Abigail até se divertia com as histórias que o marido contava sobre os intelectuais vaidosos que não se percebiam ultrapassados pela velocidade da modernidade. Entre eles se construiu uma amizade sincera e sem papas na língua. Abigail dizia o que desejava, Joaquim quase sempre concordava — e se não estivesse de acordo, sabia que pouco poderia fazer para mudar a opinião da companheira.

Havia entre eles um tipo de amor tranquilo. Não o dos apaixonados que não se cansam de passear pelo corpo um do outro, mas um amor quase fraterno, advindo da necessidade de apoio familiar que faltara a ambos. Abigail amava Joaquim porque ele lhe dera as condições necessárias para que ela criasse seu destino, e Joaquim amava Abigail porque ela entendera e respeitara o seu jeito de existir no mundo.

Foi assim que, em uma dessas noites de chuva resfriando a couraça da terra, Abigail e Joaquim chegaram a um novo acordo e Hermínia foi concebida.

Dez anos se passaram desde que Abigail engravidou pela segunda vez. Àquela altura, cerca de quinhentas pessoas já habitavam o povoado, que prosperou no entorno da vinícola. Abigail havia se tornado uma mulher rica e respeitada. Sua reputação de patroa justa e boa se espalhou — ainda que alguns se queixassem de certa rigidez excessiva —, por isso sempre chegavam novas famílias pedindo emprego e permissão para moradia.

Algumas famílias vinham já formadas e, a depender do caso, Abigail autorizava sua permanência, mas, se uma das mulheres chegava de bucho, os bebês se metamorfoseavam ainda na barriga.

Em Urânia só nasciam mulheres.

Alguns homens de fora, já sabedores dos jeitos do povoado, iam atrás de esposa, pois a fama da terra de mulheres corria solta pelos sertões. Alguns conseguiam ficar, outros acabavam sendo expulsos ou indo parar no Residência, bairro formado nos arredores de Urânia para abrigar os migrantes que não eram aceitos no povoado.

Cada forasteiro recebia uma incumbência, e assim ruas foram calçadas, árvores de pomar e de arborização se espalharam, negócios foram abertos conforme as necessidades — butiques, vendas, restaurantes —, mas foi no cultivo da uva que o povoado se estabeleceu.

Apesar do clima semiárido da caatinga, por ser banhada pelas águas do rio Opará, a terra era fértil para a viticultura. Naquela época, já funcionavam duas estações experimentais, o Projeto Bebedouro e o Irrigado Mandacaru, mas Abigail, insatisfeita com seu alcance, criou o próprio sistema de irrigação, o que fazia de suas uvas as melhores já produzidas. Diziam que ali as quatro estações aconteciam ao mesmo tempo, o ano todo.

Nesse movimento colonizatório, Abigail buscou refazer o mundo — não só o dela, mas o daquelas pessoas também. Começou produzindo uva de mesa e bases de vinhos para vermute, mas estudava para conseguir produzir vinhos finos, como aqueles que seu marido trazia sempre que voltava de suas viagens.

Depois que Hermínia nasceu, a relação de Abigail e Joaquim voltou ao que era. Ele com seus amigos, livros, academias literárias e outras mulheres no litoral, e ela cuidando da filha, da vinícola e do povoado.

Com o tempo, todo mundo percebeu que o dr. Joaquim, chamado à boca pequena de "Digníssimo", era um personagem coadjuvante. Tudo passava por Abigail, pelo desejo e consentimento dela. Todos respondiam a ela, e se por acaso ela faltasse, procuravam Djanira.

Foi ideia de Abigail que Djanira também tivesse um negócio só seu. Uma vez que já estavam estabelecidas, não fazia sentido que ela continuasse à sua sombra. Podia ter sua própria casa, seu próprio trabalho e até alguém para dividir tudo isso. Djanira aceitou a casa-grande que Abigail construiu para ela, bem ao lado da sua, mas resolveu ocupá-la de outra forma. Percebendo o movimento cada vez maior do povoado, já nos primeiros anos Djanira converteu a casa em uma pousada para os negociantes que transitavam por ali. À noite, quando o vento frio descia a serra, ele trazia a melhor desculpa para ela ir dormir no quarto de Abigail.

A pousada ficava no centro do povoado, em frente à praça principal, de onde era possível ver o posto de saúde, a escola, a agência telefônica, que funcionava também como filial dos correios, e a capela da beata. As roças ocupavam a margem do rio e, do outro lado, a estrada seguia em direção à capital.

O cemitério se estendia por uma quadra de lápides brancas e, atrás dele, ficava o bairro de Residência, onde os expulsos de Urânia se amontoavam em uma única e comprida vala, chamada rua do Grude. Ladeada de casas de taipa e barro, a referência máxima da rua do Grude era o Bar do Peixe, conhecido assim não pela culinária, mas pelo cheiro característico dos frequentadores do lugar. Essa parte, com o tempo, acabou se agregando ao povoado, mas não por vontade de Abigail, embora ela já devesse saber: ninguém tem controle de tudo, muito menos sobre a razão das gentes.

Enquanto Abigail ocupava-se do povoado e da vinícola, Hermínia se criou pelas vielas e matos de lá. Joaquim ficava mais tempo fora que caixeiro-viajante, e ela acabou crescendo sob as saias de Djanira. A mãe Dja, como a chamava, fazia todas as suas vontades, cuidando da menina como se dela fosse, e assim Hermínia não sentiu tanto o descuido dos pais, que só via juntos em datas especiais, como o seu aniversário ou a festa da Beata Maria.

Vivendo em um mundo próprio, desde pequena cavoucava a terra feito preá, a buscar pedras coloridas chamadas por ela de preciosas. Aos treze anos, ganhou do pai uma máquina de fazer retrato. Eram esses, aliás, os únicos momentos de cumplicidade que tinham, quando ele chegava com presentes, livros e agrados. Hermínia se sentia especial por alguns instantes.

Apesar da ausência dos pais, ela era uma menina feliz. Gostava de se aventurar por entre os mandacarus na caatinga: perfurava os caules e retirava a água, fingindo ser uma desbravadora como Indiana Jones, personagem que adorava. Bichos, insetos, pedras, cactos: todos moravam na sua Kodak, e ela sonhava em correr mundo guardando tudo ali dentro.

Mais que qualquer outra coisa, Hermínia gostava de observar a morte. Ela podia passar horas vendo carcarás e urubus se alimentarem das carcaças dos animais que secavam nos tabuleiros. As bicadas das aves enormes arrancando pedaços do couro duro de vacas e jumentos atropelados nas estradas. Lagartixas devorando aranhas. Aranhas enredando mosquitos. Mosquitos comendo pessoas em épocas de chuva. O ciclo da vida se repetia em pequena e em grande escala, o tempo inteiro.

O resto do mundo, quando pensa no sertão, julga que ali vive uma morte ocre e espinhosa, com cactos cinza e crânios de boi espalhados pelo chão, mas o sertão não é só secura, terra craquelada feito maquiagem rompida no rosto. Lá a morte não é partida, mas chegada. Nos espinhos se escondem veios profundos, alimentos para raízes e animais de toda espécie. Só quem sonha acordado consegue ver o sertão como ele é.

Mais tarde, sua lembrança mais bonita da infância seria do dia em que, em suas andanças, encontrou o corpo de uma raposa perto do açude onde gostava de brincar. Agachou-se e se deitou ao seu lado. Os olhos abertos e sem vida, envoltos por um véu branco. As aves crocitavam no céu, reivindicando o almoço. *Talvez, se eu ficar bem quietinha, elas acreditem que tô morta também*, pensou. A decomposição inquietava seus olhos de espelho.

A mandíbula do bicho começou a se mexer e, por um momento, Hermínia achou que a raposa fosse falar algo fantástico e maravilhoso, mas uma aranha-caranguejeira enorme saiu de lá e a encarou. Vermes eclodiram das vísceras putrefatas, e Hermínia entendeu: na morte existe muita vida. Víboras, vaga-lumes, vermes, aranhas, moscas, centopeias, carcarás, todos a encaravam impacientes como quem diz: *Se não vai participar do banquete, favor sair.*

Hermínia fechou os olhos da raposa e correu mato adentro.

Quando o mundo entrou na última década do milênio, as crias de Abigail já eram crescidas. A Vinícola Moreno, que considerava sua primeira filha, se estabelecera como o principal gerador econômico da região, sendo referência na produção de uvas de exportação e de vinhos finos, e Hermínia era uma mulher-feita.

Alta e magra como a mãe, tinha traços finos feito o pai e os olhos esverdeados iguaizinhos aos do avô Irineu. O jeito de Hermínia, no entanto, lembrava mais o da avó Eliza: sonhadora, brincalhona, sempre com um sorriso no rosto e uma palavra de conforto para quem precisasse. Para o alívio de Abigail, ela não mostrava ter nenhuma mediunidade, sempre dormira muito bem e não se queixava de nada.

A relação das duas, no entanto, não era das mais fáceis. Hermínia cultivava uma empatia muito grande com as pessoas, sempre buscando ajudar quem precisasse. Dava seus brinquedos e roupas sem pena, e de vez em quando Abigail descobria que algo do seu próprio armário estava faltando porque Hermínia havia se compadecido de alguma senhora que passava frio ou não tinha um bom calçado. Parte disso se devia à sua personalidade, naturalmente generosa; outra parte era influência direta dos cuidados de Djanira.

Hermínia foi uma criança desejada, e Abigail se dedicou muito à filha nos seus primeiros anos de vida. Mas com o desenvolvimento da vinícola, o início dos serviços de exportação e as viagens constantes que ela tinha de fazer a fim de conseguir os melhores insumos e tecnologias acabaram deixando a menina mais próxima da amiga de infância, que a alimentava, banhava, levava para a escola e supervisionava suas aventuras pelo povoado.

Abigail queria que Hermínia fosse ambiciosa como ela, que estudasse algo como agronomia ou engenharia, uma formação que pudesse ser aproveitada para o desenvolvimento da vinícola — afinal, ela seria a sucessora de Abigail. Durante um período, tentou fazer com que a filha se interessasse pela empresa, levando-a junto quando ia trabalhar e explicando como as coisas funcionavam, mas, no pouco tempo em que esteve presente, Hermínia deu foi prejuízo.

Conversou com os funcionários e achou que eles ganhavam muito pouco, acabou prometendo aumento salarial e plano de saúde para todos, coisa que nem passava pela cabeça de Abigail. Também teve a ideia de montar uma escola improvisada para alfabetizar as trabalhadoras que não sabiam ler nem escrever direito, dispensando-as do trabalho vespertino sem autorização. Para Abigail, isso foi a gota d'água e a maior demonstração de que nem de longe a filha tinha tino para ser chefe. A menina se compadecia demais das lamúrias dos empregados.

Não foi uma surpresa quando Hermínia resolveu cursar o magistério e a faculdade de pedagogia, fruto claro da influência do pai e de seus livros. Abigail detestava as ideias revolucionárias que Joaquim apresentava para a filha. Se arretava que ele, nunca tendo batido um prego em uma barra de sabão, havia crescido sua simpatia por pautas e partidos de esquerda, sem nem ter ideia de como era difícil manter um negócio e os funcionários na linha. Tentou o quanto pôde convencer a filha de que outra profissão teria mais proveito em Arcádia, mas no fim respeitou a vontade dela.

Quando Hermínia completou os estudos na capital, voltou para Urânia com a ideia de ampliar a escola e implementar o ensino médio por lá. Até então, as turmas chegavam apenas ao ensino fundamental, e as alunas que queriam seguir os estudos eram obrigadas a ir para Arcádia, mas muitas abandonavam a ideia diante da dificuldade em fazer a viagem diária entre o povoado e a cidade, a pouco mais de vinte quilômetros de distância, demandando também dinheiro para a lotação.

Apesar de a escola ser responsabilidade da prefeitura de Arcádia, que havia incorporado o povoado como distrito, na prática era uma escola para as filhas das funcionárias da vinícola e, em um acordo extraoficial, Abigail doou o terreno e se responsabilizou pela manutenção do prédio, enquanto a prefeitura ficaria responsável pelo transporte e pelo pagamento dos salários dos funcionários e professores.

Hermínia queria chamar mais professoras, expandir a biblioteca, dar oportunidade para as meninas conhecerem coisas novas e, quem sabe, até as estimular a fazer a recém-inaugurada faculdade de professores em Arcádia, com os cursos de pedagogia, história, geografia e matemática.

— Se elas forem embora, quem vai cuidar da lida? Vamos ter que trazer gente de outras cidades, e eu não quero forasteiro nas minhas terras, Hermínia!

— Mainha, se a gente investir na educação delas, elas podem se formar e voltar pra trabalhar aqui, como eu mesma fiz!

— Você estudou fora porque eu paguei seus estudos, Hermínia. Você voltou porque é filha da dona. Você pode fazer o que quiser, elas não têm essa escolha. É assim a vida. Faça o orçamento do que você quer melhorar na escola e veja com a prefeita se ela cede mais professoras, mas não encha a cabeça das meninas com sonhos impossíveis.

Hermínia se propôs a fazer suas coisas de mansinho, pelas beiradas, sem incomodar a mãe, sempre preocupada com dinheiro. Sabia que não adiantava brigar porque achava que ela não a escutava, que nem percebia o que acontecia ou deixava de acontecer na escola, ocupada que era com a vinícola, sua filha preferida.

O Homem chegou com a chuva quente de março, alguns dias depois da discussão entre Hermínia e Abigail por causa da escola. Filho de um amigo de Joaquim, o rapaz era bem-apessoado, inteligente e já tinha até se formado em administração na capital, mas não encontrava rumo na vida. O pai, sem saber o que fazer com ele, ligou para o amigo e pediu ajuda para endireitar o rapaz, quem sabe na vinícola ele fizesse jus ao seu diploma. Joaquim, despreocupado de tudo, não hesitou em lhe garantir pouso e vida nova em Urânia.

Foi Hermínia quem se encarregou de mostrar a fazenda e o povoado para o recém-chegado. Pela manhã, tomavam banho de rio, percorriam os parreirais e as plantações. Depois do almoço, se estendiam, preguiçosos, nas redes sob os pilotis da varanda e cochilavam até a hora do café, quando o cheiro invadia a casa e os pegava roçando as pernas por entre os tecidos grossos e coloridos.

Hermínia, que nunca tinha namorado a sério, se viu enredada pelo sorriso oblíquo do rapaz, sempre muito gentil e carinhoso, mas também muito inteligente e paciente, capaz de ouvi-la falar por horas sobre as ideias que tinha para o futuro de Urânia.

Já na primeira semana, percebendo o deslocamento noturno dos corpos pela casa, Abigail chamou Joaquim de canto e o alertou sobre a proximidade exagerada entre Hermínia e o visitante. Seu santo não batia com o dele. Talvez fosse o sorriso lascivo estampando a cara o tempo inteiro, seu excesso de mesuras. Talvez fosse porque pressentia que o rapaz estava ali por interesse.

Abigail desconfiava de quem se excedia em gentilezas. Mandou Joaquim despachar a visita o mais rápido possível, mas naquele ano choveu mais que o esperado e a terra demorou a secar. Abigail ocupou-se com a vinícola, pois corria o risco de perder a safra do trimestre, e isso geraria muitos problemas para ela e para as trabalhadoras. Pelo tempo em que uma cepa vira rama, ela distraiu-se de Hermínia e do Homem.

Até as empregadas já sabiam da rotina do casal, sempre com uma cama a menos para arrumar pela manhã. Só Joaquim não atentou para isso — ou não quis atentar. Foi em um dos poucos jantares em que Abigail pôde comparecer que eles trouxeram a notícia do casamento.

As discussões entre mãe e filha pioraram muito nessa época. O que antes era um jeito diferente de ver a vida se tornara questão de honra para Abigail, contrária a um casamento tão apressado. Para ela, Hermínia ainda tinha de amadurecer, entender o seu lugar no mundo e tirar a cabeça das nuvens, mas a jovem estava apaixonada, e Abigail, já ressentida pela falta de interesse da filha nos negócios da família, ficou ainda mais injuriada com a escolha, que, ao seu ver, era precipitada e imprudente.

— E como vocês dois planejam se sustentar?

— Eu vou continuar trabalhando na escola, mainha. E ele é formado. A senhora podia contratar ele. Painho conhece a família. São amigos de anos!

— Eu não emprego homem pra cargo de chefia, Hermínia, e você sabe bem! E esses amigos do seu pai, todos uns vida boa como ele. Só querem saber de dinheiro, nada de trabalho. Tenha senso, minha filha! Espere conhecer mais.

— Eu não posso esperar muito, mainha.

Abigail percebeu o movimento das mãos de Hermínia, repousadas sobre o ventre, já se arredondando sob o vestido.

Eles se casaram em uma cerimônia pequena durante os festejos de santo Antônio, só para família e amigos. Abigail não conseguia nem fingir satisfação, e depois da cerimônia fechou-se no quarto a fim de evitar mais aborrecimentos. Não fosse por Djanira, que se ocupou de organizar um jantar, o casamento mal seria celebrado.

Hermínia pouco conseguiu aproveitar o festejo, chateada que estava com a mãe por ela não entender que algumas coisas só podiam ser explicadas pelo amor.

Não demorou para o desejo do Homem virar posse e suas garras atingirem Hermínia. Ele havia entendido que não era benquisto pela sogra e, por causa dela, pensava, estavam enfurnados no meio do nada, numa fazenda de rotina lenta demais para quem foi criado na capital. Para piorar, ali ele era um simples funcionário, comandado por mulheres. A raiva fazia sua mandíbula latejar sempre que chegava à sede da administração da fazenda do Giqui.

Enquanto isso, Hermínia dividia seu tempo entre as escolas de Urânia e Arcádia. Não queria ser sustentada por ninguém. Não falava com a mãe desde o casamento, e a ausência de Abigail a magoava, principalmente diante da gravidez. O marido tentava convencê-la a ir morar no litoral, mas como poderia ir, com a barriga crescendo mais e mais a cada dia? Ali pelo menos mãe Dja a ajudaria com a criança e ela teria sua fonte de renda.

Diante da recusa de Hermínia em sair do povoado, o Homem foi se tornando cada vez mais impaciente. Já não era mais tão gentil e carinhoso, não disfarçava suas frustrações e desdenhava das ideias utópicas da mulher para aquele fim de mundo. Concentrou toda a frustração em um ciúme doentio.

Para o Homem, sendo ela a coisa mais bonita que ele já possuíra, deveria ser objeto de cobiça de outros homens. A implicância maior era com seu cabelo lustroso que descia pelas costas e emoldurava seu rosto. Ele cismou que, por baixo da delicadeza dos fios, ela escondia uma sedução arrebatadora. Não podiam sair juntos em paz, ele a fazia prender o cabelo em coque ou colocar um lenço, e se Hermínia parasse para falar com outra pessoa por qualquer que fosse a razão, já era motivo de briga. Ela sofria calada, pois temia pelo destino do marido caso sua mãe descobrisse o que se passava. Abigail já não tinha sido a favor do casamento, se soubesse que o Homem a maltratava, era capaz de sabe-se lá o quê.

Hermínia pensou que com o avançar da gravidez o Homem lhe daria um pouco de paz. Um dia, ela chegou do trabalho e ele havia feito o jantar, estava de bom humor. Riram, brincaram, falaram sobre o futuro da criança. Ela queria dormir, estava exausta, os pés inchados. Ele a abraçou por trás, esfregando nela o membro intumescido.

— Não, amor, hoje não.

— Deixa disso — ele diz —, eu sei que você tá louca de tesão.

Ele apertou a barriga dela com força até que ela cedeu, esperando que ele acabasse rápido. Quando ele terminou, virou de lado e disse: *Eu não te disse que você ia gostar?* Ele dormiu logo. Ela chorou baixinho o resto da noite.

Tudo era mais difícil sem a mãe, de quem sentia muita falta. Hermínia precisava do apoio dela, independentemente do que ocorrera no passado, e para isso teria que dar o braço a torcer. Sabia que a reaproximação deveria partir dela própria, pois a mãe era teimosa e orgulhosa demais para dar o primeiro passo. Recorreu a Djanira para intermediar a conversa, pois não queria parir estando intrigada. Fazia questão da presença dela na hora do parto.

Abigail acabou cedendo e acolheu a filha como nunca havia feito. Mandou construir uma casa melhor dentro da fazenda do Giqui, comprou todos os móveis para o quarto do bebê e contratou uma empregada para ajudar Hermínia com os afazeres domésticos. Também aumentou o salário do genro, a fim de que não faltasse nada para eles, e jurou a si mesma que tentaria manter uma relação cordial com ele.

No fundo, Abigail se culpava pelo abismo que a separava da filha. Convencera-se de que se houvesse carregado Hermínia sempre consigo, em vez de deixá-la crescer na barra da saia de Djanira, ela teria despertado o gosto pelos negócios e seria seu braço direito na fazenda. Ao mesmo tempo, recriminava-se por se ressentir tanto de Djanira, que sempre a ajudara em tudo, inclusive no cuidado de Hermínia quando ela mesma não pôde. Aproveitando a reaproximação, jurou a si mesma que, já que não tinha sido uma boa mãe, seria uma avó melhor.

A filha de Hermínia nasceu em 4 de dezembro, dia de Oyà, senhora dos raios, e recebeu um de seus nomes.

Justo no aniversário de três anos de Bamila, o Homem viu Hermínia conversando com um rapaz durante a festinha na casa de Abigail. O moço, professor da escola de Urânia, fazia Hermínia rir com uma história sobre a diretora que havia sido vítima de uma brincadeira dos alunos e pedido uma licença médica, alegando estar doente dos nervos.

Quando voltaram para casa, o Homem esperou Hermínia colocar a menina na cama e a recebeu no quarto com um soco que lhe arrancou um dos dentes da frente. Aturdida, sem saber o que havia acontecido, viu o Homem agarrá-la e acusá-la de estar se oferecendo para o tal professor: *Eu vi o jeito que você tava jogando o cabelo nele.* A sentença era clara: estava proibida de voltar à escola e, dali em diante, ficaria em casa cuidando dele e da filha. Nuvens escuras se formaram no coração de Hermínia e ela sentiu que chegara ao limite.

Esperou que ele saísse de casa, como sempre fazia quando estava alterado, fez uma trança, cortou os cabelos bem rentes à nuca e estirou a melena em cima da cama. Arrumava as malas dela e de Bamila quando o marido voltou.

— O que foi que você fez, Hermínia? Endoideceu, foi?

— Oxe, não é do meu cabelo que você gosta? Pois tome aqui de presente, então. Fique com ele. Eu vou voltar pra casa de minha mãe.

— Você vai é pra casa daquele fresco de Arcádia, não é? Diga logo a verdade! Esse tempo todo você dizendo que ia pra escola trabalhar, mas tava mesmo era me chifrando, não é? Diga!

— Você não entende! Eu nunca tive olhos pra ninguém que não fosse você! Essa é a minha desgraça. Mas não aguento mais essa vida.

— Acha que vai conseguir se livrar de mim? Eu mato você e o desgraçado — ele disse, agarrando Hermínia pelos ombros.

O aguaceiro começou a desmoronar no telhado. Os raios partiam árvores ao meio enquanto a discussão entre eles se prolongava pela noite. Ele atirava coisas contra ela, que se esquivava. Temendo apanhar novamente, trancou-se no quarto, armada de uma faca da cozinha e agarrada a Bamila, que chorava sem entender o que se passava.

Nem bem amanhecera, ele mudou o tom. Fez um café e a chamou para conversar, assegurando que não brigariam mais. Bamila havia dormido e Hermínia a deixou na cama, saindo do quarto com a faca nas mãos.

— Me perdoe, meu amor, por favor. Você sabe que eu não sou assim. Eu te amo, vamos tentar nos acertar.

Hermínia estava com rosto inchado, a voz embargada. Não soube o que responder. O Homem até tentou se aproximar, mas ela se esquivou.

— Eu ando muito nervoso, Hermínia. As coisas não têm

sido como eu achava que seriam. Me desculpe. É melhor eu passar uns dias com meus pais no litoral, pra esfriar a cabeça. Vai ser bom pra nós dois, você pode ficar na casa de sua mãe enquanto isso. Que tal?

Hermínia aceitou, dando ao homem que amava seu último voto de confiança.

Hermínia viu o marido desembainhar a faca, mas demorou a entender o que sucedia, como um filme malcortado, quando uma cena é interrompida por faixas coloridas e depois outra cena sem sentido é exibida.

A ardência tomou conta de seu corpo, começava no ventre e subia pelo peito. Só conseguiu pensar na filha. Precisava tirá-la dali. Em um rompante, abriu a porta do carro. *Vem, meu bem, vem com a mamãe*, disse, pegando a menina adormecida do banco de trás e saindo correndo.

A cada momento, olhava por cima do ombro para ter certeza de que ele não as seguia. Andou quase um quilômetro até avistar uma casa. Bateu à porta e uma senhora atendeu:

— Oi, meninota, tudo bem?

Bamila balançou a cabeça em afirmativa.

— Tá sozinha? Cadê sua mãe?

Ela não respondeu. A mulher insistiu:

— Você tá perdida? Qual o seu nome?

— Bamila, filha de Hermínia e neta de Abigail de Urânia — recitou, como a avó ensinou.

— Minha santa Beata Maria! Como você veio parar aqui? Entre, venha. Vou levar você pra casa de sua avó.

Hermínia não entendia por que a mulher não estava conseguindo vê-la. Gesticulava, gritava, e nada. As histórias da mãe sobre as almas que flanavam nas estradas pensando estarem vivas queimaram na sua cabeça. Fechou os olhos e deu de frente com uma poça de sangue. O rastro marcava o caminho até onde seu corpo foi largado.

A cena se repetia diante de si. O marido arrastando-a, o charco de sangue no caminho, o corpo sendo jogado na ribanceira, a cabeleira crescendo por teimosia ou milagre e se espiralando em um galho de árvore nascido da pedra, o corpo pendendo de olhos abertos para o abismo. A chuva lavando o seu corpo.

Uma luz branca invadiu suas vistas, cegando-a. Hermínia se dobrou em um grito tão agudo que todas as arribaçãs levantaram voo na mesma hora.

Abigail sempre acordava antes de todos na casa. Seu corpo era um relógio que funcionava com precisão. Despertava às cinco todos os dias, e quando as empregadas chegavam para começar o serviço, ela já tinha se banhado, rezado o ofício, tomado café e se aprontado para ir ao trabalho. Mas naquele dia, antes mesmo de se levantar, um vento invadiu seu quarto pela janela, rodopiando por todos os cantos, derrubando os enfeites da cômoda, abrindo as portas do guarda-roupa e arrancando o lençol que a cobria. O redemoinho parou ao lado de sua cama e ela pôde vislumbrar algo muito familiar no gemido que saía de lá. *Me perdoa?*, perguntou a voz de dentro do torvelinho.

Como não queria acreditar no que estava vendo e ouvindo, continuou deitada, sonolenta, mas inquieta, e demorou a entender o que estava acontecendo. Despertou de vez quando, minutos depois, a campainha soou. Levantou-se rapidamente, o coração montado em um cavalo selvagem. Colocou o xale por cima da camisola e desceu as escadas correndo. Na porta, deparou-se com uma mulher carregando Bamila nos braços:

— Onde está a minha filha?
Foi a única coisa que conseguiu dizer.

Djanira chegou logo em seguida, chorando uma tristeza palpável no ar.
— Dja, pare com isso, preciso de ajuda. Já liguei pra polícia de Arcádia, eles foram atrás do infeliz. Falei com a delegada e vou com ela buscar Hermínia, preciso só vestir uma roupa. Ligue pra Joaquim, mande ele vir da capital. Diga às empregadas pra prepararem um café da manhã e um almoço reforçado, vai passar muita gente por aqui hoje. Ah, e arranje alguém pra ficar com Bamila. Nem sei se a menina já comeu alguma coisa.
— Bigá, não é melhor esperar eles trazerem...?
— Não. Eu preciso ver o lugar.
Djanira assentiu. Não era a primeira vez que via Abigail assim, dando ordens e direcionando todo mundo, como se estivesse na plantação, calculando o que precisava ser feito para tudo sair nos conformes.

Não adiantava falar com ela nessas horas, ela só iria se irritar e soltar os cachorros em quem estivesse por perto. Se obrigou a engolir o choro e a fazer o que ela havia pedido. Não ia junto, não tinha coragem de ver sua menina sem vida, ainda não. Concentrou-se no trabalho e deixou a dor guardada para depois.

A desforra foi quase imediata. O Homem voltou para o carro, viu a porta aberta e deu falta da menina. Deu uma olhada no precipício para ver se ela caíra. Revolveu os matos ao redor. Seguiu o caminho de retorno devagar, escrutinando pela estrada enquanto pensava no que ia fazer. Decidiu juntar as coisas e voltar para a casa do pai na capital. Se a sogra o pegasse, dali não sairia vivo. *Alguém vai encontrar a menina*, pensou. *Todo mundo conhece a gente por aqui.*

Em casa, tomou um banho e arrumou uma mala com poucas coisas. Ateou fogo num latão no terreiro e jogou lá dentro as roupas ensanguentadas. Deixou a pira ardendo e voltou para se certificar de que não estava se esquecendo de nada.

Notou o vulto na porta e tropeçou em uma cadeira. Hermínia estava vestida com as mesmas roupas de minutos antes, mas o cabelo voltara a crescer e descia até os pés. Sua expressão também estava diferente. Seus olhos, antes amendoados, estavam estreitos, afundados no rosto, e a boca contraída tornava seu semblante pesado.

Ele tentou correr, mas no meio da sala sentiu algo segurar suas pernas. O Homem se desequilibrou e caiu no chão, batendo as costas e a cabeça na cerâmica dura. O cabelo dela tinha vida própria e o enrolava feito abraço de jiboia, apertando seu tórax, atando-lhe os braços, cobrindo sua cabeça. Sem poder se mexer, os ossos das costelas se despedaçaram um a um. Os órgãos rebentaram feito milho em óleo quente.

O Homem não conseguia falar, porque aquela coisa que apertava sua garganta começou a entrar pela boca, nariz e ouvidos. Uma grenha enorme de cabelos impedia a passagem do ar e cobria seu corpo inteiro, deixando de fora somente os olhos, cuja brancura purpureava. Demorou ainda um tempo até o coração parar de bater. Quando a agonia acabou, nenhum espírito saiu do corpo — foi consumido ali mesmo.

A crina de Hermínia se recolheu e se dissipou no ar, deixando a massa de carne disforme no chão da sala.

Pouco tempo depois, a delegada chegou à casa acompanhada de Abigail. A energia do ambiente enunciava que uma coisa muito ruim tinha acontecido ali, uma aura de desesperança dominara aquele lugar. Não aguentou a visão do Homem no chão, a boca aberta como se gritasse, os olhos esbugalhados e pretos, e saiu correndo a vomitar no terreiro.

Abigail, que foi até lá pronta para matar o Homem, ao vê-lo em tais condições lembrou-se da única vez em que vira expressão de terror como aquela: ainda criança, quando costumava se deparar com outro Homem no espelho de casa gritando sem ouvir som algum. Diferentemente da delegada, quando viu aquela criatura estendida, não esboçou reação e nem teve pena. Por ela, tocava fogo nele e naquela casa com tudo dentro, e ainda salgava o maldito terreno para ninguém nunca mais colocar os pés ali.

* * *

O corpo do Homem foi reivindicado pela família e enviado para a capital. A fazenda do Giqui foi vendida para um viticultor do Rio Grande do Sul. A casa foi fechada e, um mês depois da tragédia, seria consumida por um fogo misterioso que nem vento nem chuva apagavam, e o terreno, amaldiçoado pela memória do que havia acontecido, secaria e se tornaria infértil — nada mais brotaria naquele chão.

Naquele dia, as ruas de Urânia ficaram tomadas por dezenas de carros com gente vinda de todas as partes para prestar as condolências a Abigail. O caixão de pinho brilhava no centro da sala e o cheiro enjoativo das rosas brancas que cobriam o corpo deixava o ambiente mais denso. Abigail conversava com a prefeita de Arcádia, mas não perdia o movimento das pessoas que passavam em fila pelo caixão.

Coordenadas por Djanira, as incelências eram cantadas baixinho, por um grupo de mulheres chorosas. Na cabeceira do esquife onde Hermínia parecia dormir um sonho intranquilo, Bea d'Holanda transformava as lágrimas em contas de rosário, recitando em looping o terço da divina misericórdia, rezando para que o espírito de Hermínia encontrasse paz.

Quando Joaquim chegou era alta madrugada. Ao entrar, pôs-se a chorar a toda altura e agarrou-se à filha morta no caixão. Abigail foi até ele e o arrastou para a biblioteca:

— Se comporte, Joaquim! Até as mulheres choram em silêncio e vem você fazer escândalo?

— Minha filhinha... Como foi que isso aconteceu? — soluçava Joaquim.

— Agora ela é sua filhinha? E onde estava esse pai preocupado quando eu pedi pra não botar aquele rapaz dentro de casa? Onde estava quando eu disse pra você, e pra ela, que não carecia casar, que a gente ia dar tudo o que essa criança precisasse? Onde estava quando eu avisei que não via coisa boa nessa união? Agora pra enterrar é esse escândalo? Controle-se. Já passa da meia-noite, Joaquim. Eu já cuidei de tudo.

Sentado na cadeira da biblioteca, Joaquim soluçava, a cabeça baixa, enquanto ouvia a esposa falar. Abigail suspirou, puxou outra cadeira e se sentou ao lado do marido, pegou suas mãos e contou como havia encontrado a filha: pendurada em uma árvore na beira de uma ribanceira, furos por todo o corpo, a terra banhada em sangue. Contou que Bamila andara quase um quilômetro até a casa de uma mulher para pedir ajuda. Não havia mais o que ser dito.

Cercada pelas lamúrias dos que foram se despedir de sua filha, Abigail percebeu que algo se quebrara dentro dela e sentiu o oco no coração. Ainda não tinha chorado, não conseguia. Seus olhos haviam secado muito tempo atrás e temia que, se pudesse chorar, seria água suficiente para inundar o vale de Urânia. *Joaquim, será que estou sendo punida?*

Joaquim continuou chorando e soluçando, as mãos presas nas de Abigail.

O enterro de Hermínia foi acompanhado por tanta gente que nem todo mundo conseguiu entrar no cemitério, então os lamentos se espalharam pelas ruas e vielas do povoado.

Naquele dia jorrou tanta água da Boca do mundo que uma rachadura apareceu na fonte, inundando a praça, afogando os canteiros de bem-me-quer e fazendo apodrecer a madeira dos bancos. Mesmo sem chuvas, a terra levou quase um mês para secar por completo.

Abigail não chorou, mas apertava a neta como se espremesse uma laranja.

Depois, contou à menina, que fora morar com ela e Joaquim, que os pais haviam ido morar no céu, embora no seu íntimo não acreditasse em mais nada, nem em céu, nem em inferno. Só podia crer na única coisa palpável que sentia: a dor.

Ela se ressentia por não haver sido avisada da desgraça, sentia-se abandonada pela espiritualidade no momento em que mais precisava dela. Daquele dia em diante, passou a ignorar a Encantada, que insistia em continuar aparecendo em seus sonhos.

A primeira morte aconteceu um mês depois do enterro de Hermínia. Abigail soube que um dos trabalhadores não comparecera para o dia de serviço e, ao procurá-lo, os colegas encontraram a esposa em choque sentada na calçada, o marido morto no terreiro.

Muita gente foi ao velório, tão incomum que era a morte repentina de alguém jovem por aquelas bandas. Até Bea d'Holanda, que não era muito de sair de casa, teve curiosidade de ver o morto e declarou que o sujeito devia ter ido para o quinto dos infernos. *Aqui não ficou espírito para contar história*, afirmou.

Dias depois, o IML de Arcádia declarou a causa da morte do Homem como infarto agudo do miocárdio, e a polícia deu o caso por encerrado. Mas um cadáver é um corpo falante, e a médica-legista notou o fio comprido de cabelo enganchado na boca dele. Um fio preto e grosso, sem defeito algum, de quase dois metros de comprimento — o mesmo que ela havia encontrado no finado marido de Hermínia.

Fez o sinal da cruz e, sem dizer a ninguém, guardou o fio

em um saquinho que levou pra casa e deixou escondido em seu caderninho de orações. Ao longo da vida, ela colecionaria, em segredo, tantos fios de cabelo que daria para encher uma cabeça.

Não tardou para a história de Hermínia, do cabelo crescendo feito mágica e do assassino morto sem explicação começar a correr solta, principalmente depois da morte do trabalhador da vinícola. Ninguém sabia quem começara o boato, mas ele logo se espalhou como barulho de lava saindo de um vulcão.

A esposa do morto confidenciaria depois às outras mulheres que a vontade veio assim, do nada — embora todos saibam que o "nada" não existe. *Deu vontade de rezar*, contou. Ela já perdera a fé de tanto rezar para cessarem as surras e nada acontecer. Se nem Beata Maria ouvira sua súplica, quem poderia ouvir?

— Então eu rezei muito, muito mesmo, e acho que caí no sono, porque quando acordei eu sabia mesminho o que fazer.

Ensinou o ritual que aprendeu no sonho. Com uma tesoura de ferro, deve-se cortar uma mecha de cabelo e fazer um nó com ela em torno de uma vela. Depois repetir três vezes a oração:

Ó, senhora, santa das espancadas,
vós, que na sua morte esmagou seu agressor,
me livre do suplício que me sufoca em vida.

— Pois assim que fiz isso, voltei a dormir. O galo nem tinha cantado ainda quando ouvi um barulho no terreiro, aí notei que o desgraçado não estava na cama. Já fiquei um pouco alarmada, porque quando ele chegava bêbado... Senti um calafrio subindo pelas costas, uma agonia no estômago e, juro pela Beata Maria, ouvi uma voz de mulher no pé do ouvido dizendo: *Me perdoa?*. O medo foi tanto que me mijei todinha. Só quando amanheceu criei coragem de me levantar. Foi aí que encontrei o corpo dele estirado no quintal.

Hermínia começou a aparecer nos altares das casas de mulheres que padeciam nas mãos do marido. Era só a angústia se revelar para o espírito trazer a vingança.

A devoção peculiar, no entanto, era uma coisa velada. Ninguém era capaz de pronunciar o nome dela. O pavor da assombração não era maior que o pânico pela reação de Abigail se ela ouvisse um disparate daqueles.

Era possível ouvir o resvalar dos cabelos no chão quando a finada Hermínia se aproximava. A santa das espancadas, a mulher que arrastava os cabelos pela noite escura, passou a andar pelas ruas de Urânia, e havia quem dissesse que a assombração tinha sido vista até em Arcádia.

Seu corpo, alvo da ira do marido, tornou-se instrumento de vingança. O ritual de invocação era simples: quando a vela acabava de queimar, Hermínia surgia chamando o algoz. Os homens saíam de casa atraídos pela voz melodiosa e ela os abraçava com seus cabelos, fazendo um emaranhado de fios longos e grossos entrar por todos os buracos do infeliz até que ele sufocasse na aspereza pestilenta do novelo humano em que se transformava.

Hermínia jamais percebia que todos aqueles homens atingidos por sua ira não eram o seu marido. A morte trágica a sugou para um vórtice de loucura, um carrossel que girava em looping e a cada volta a fazia reviver a própria morte e a dor de deixar a filha.

Dali em diante, o mundo das mulheres que rezavam por ela se tornaria seu único mundo.

Joaquim mudou desde a partida de Hermínia e a chegada de Bamila. Deixou de ir para a capital e se dedicou a cuidar da neta. Era ele que a alimentava, brincava com ela e lia histórias para fazê-la dormir. A favorita da menina era sobre Marta e Ana Rita.

— Vô, conta a história das bolas de fogo que brincam de pique-esconde?

Ela se enrolava no colo dele, a cabeça apoiada em seu ombro, aspirando o cheiro do cachimbo encalacrado na barba, já embranquecida àquela altura.

— Antes de virar fogo-fátuo, as duas almas andavam em carne e osso por entre as pedras deste chão. Uma se chamava Marta. A outra, Ana Rita. Duas meninas bonitas, amigas inseparáveis desde o berço. Saíam a catar umbu e favela no meio da caatinga. Iam à escola e, juntas, inventavam brincadeiras para passar o tempo:

amarelinha,
cinco-marias,
roda pião,
cama de gato.

Já mocinhas, saíam em expedições pelo rio e passavam horas nas margens, a nadar ou a ler. Marta sonhava em escrever um livro sobre o sertão-oceano, sobre os bichos, plantas e pedras de toda qualidade que coravam sob o pôr do sol mais bonito do mundo. Faziam planos de ir embora juntas, mas o sonho foi empatado antes da partida. Um dia, o pai de Marta as encontrou na hora da sesta, dormindo nas margens do rio, nuas e abraçadas. *Pouca-vergonha é essa?*, bradou tão forte que os bichos todos se esconderam. Arrastou a filha pelos cabelos até em casa e a matou de pancada. Sabendo do destino da amada, Ana Rita acabou indo encontrá-la no outro mundo ao pular da ponte sobre o riacho das Almas.

— É porque elas eram meninas, vô?
— Sim, mas isso é coisa de gente retrógrada.
— O que é "retrógrada"?
— Gente atrasada, que não sabe amar.
— Se eu quiser, posso amar uma menina, né, vô?
— Pode. Pode amar quem você quiser.

Bamila passava tardes inteiras entretida com as histórias do avô. Com ele, ela aprendeu a ler e pegou gosto pelos estudos. Passava horas absorta em livros da biblioteca, sobretudo os de anatomia, e Joaquim percebeu que ela tinha a mesma curiosidade da mãe.

Bamila gostava de observar a empregada matando a galinha do almoço, e quando por acaso havia carneiro ou porco, insistia em ajudar a desmembrá-los. A menina se interessava tanto pelos corpos esfacelados dos livros que, mais de uma vez, pediu ao avô que mandasse matar bodes e porcos só para que pudesse examinar o interior dos bichos.

Lá ia Joaquim atrás das cozinheiras, responsáveis pela matança, pedir que, antes de os retalharem, deixassem que ele e Bamila estudassem o corpo. Mais de uma vez ela assustou a todos na casa pedindo que abrissem o peito do animal agonizante, pois queria ver o coração ainda batendo. Ela amava os bichos, mas amava ainda mais o mistério que separava os dois mundos, dos vivos e dos mortos.

Bamila era uma mistura da audácia de Abigail com a doçura de Hermínia. Teimosa, aventurava-se na caatinga, mesmo com as proibições que tentavam mantê-la no cabresto — e que pouco adiantavam. Sempre que podia, destrançava as cordas invisíveis e sumia fazenda adentro, fingindo ser uma princesa, e o lugar, seu reino encantado.

Numa dessas, topou com um brilho dourado entre umas pedras perto do rio. A menina cutucou o buraco com uma vara de pau. A picada foi um pouco acima do tornozelo. Ainda deu tempo de ver a ubiraquá se escondendo embaixo do ninho dourado. Subiu à cabeça uma tontura, podia sentir a dor irradiando pela perna e, antes de desmaiar, só teve tempo de tirar o cinto da bermuda e fazer um torniquete, como aprendera nos livros.

Era meio-dia e Abigail estava no escritório quando a imagem da Beata Maria caiu da mesa a seus pés e o baque soou no peito. Ligou para Djanira e perguntou se ela sabia de Bamila, mas a amiga não fazia ideia de onde a menina havia se metido. Saíram todos de casa em busca dela. O avô — aflito, temendo ter acontecido algo grave —, Djanira e as empregadas da casa se espalharam pelo povoado para buscar notícia.

Uma vaqueira que passava perto do açude, conduzindo seu rebanho, foi a primeira a notar a mulher na estrada fazendo sinal:

— Uma ajuda, pelo amor da Beata Maria. Desça ali na curva do açude. A neta de d. Abigail foi picada de cobra e eu não tenho como carregar ela.

A vaqueira chegou na casa de Abigail com a menina amontada, meio tonta e querendo vomitar, mas acordada. Abigail havia acabado de chegar da vinícola. Examinou a picada coberta de lama e um mato molhado que, soube logo, era uma mezinha muito eficiente para veneno de serpente.

— Viu qual era a cobra?
— Era uma corre-campo.
— E quem mandou cobrir a ferida com esse barro?
— Foi a moça que me acudiu.
— Qual moça?
— Não sei. Nunca vi por aqui. Acordei com ela mexendo na ferida.
— Como ela era?
— Bonita e muito alta.
— E pra onde ela foi?
— Não sei. Sumiu.

No mês seguinte, Abigail decretou que Bamila iria estudar no internato das salesianas, na capital. A menina esbravejou, implorou pela intervenção do avô — que, assim como ela, era contrário à ideia, não queria perder a menina de vista —, mas não teve jeito. Abigail, impassível, não aceitou nenhum argumento.

Bamila ficou de birra da avó por um bom tempo. A chateação só passou quando conheceu uma garota na escola, dando lugar a uma panapaná no peito, semelhante à de Marta por Ana Rita na história das bolas de fogo contada pelo avô. Foi ele, inclusive, seu maior confidente, o primeiro a saber do calor que circulava em suas veias quando via a garota e do primeiro beijo às escondidas entre as árvores nos fundos da escola, flagrado por uma das professoras e causa de um rebuliço. Ela foi mandada para a diretoria e proibida de frequentar o pátio na hora do recreio.

Abigail teve que ir às pressas para a capital, pois foi chamada para uma reunião com a diretora. Bamila achou que a avó fosse brigar, mas respirou aliviada quando foi defendida diante da freira e tirada da escola. Abigail trouxe a menina de volta para Urânia. No caminho, Bamila dormia recostada no banco do carro enquanto a avó pensava, aliviada, que nenhum homem cruzaria a vida de sua neta.

O distanciamento imposto por Abigail ao mandar a menina estudar na capital havia partido o coração de Joaquim. Ele morria de medo de que acontecesse com ela o que acontecera com Hermínia. Então, quando Abigail pediu que ele fosse viver junto da neta na capital para que ela terminasse os estudos em outra escola, agora laica, ele nem pensou duas vezes.

Quando ela completou dezoito anos e já estava cursando a faculdade de medicina, Joaquim, cansado, resolveu voltar para Urânia e deixar a menina fazer sua vida.

Os anos passaram céleres e Bamila se agigantou, mas preservou a curiosidade e a candura da infância. Todo domingo telefonava para os avós. Certa vez, pouco antes da Páscoa, avisou que em breve estaria em casa. Abigail pediu que não fosse, que esperasse notícias dela. Não ia fazer celebração, Joaquim não estava muito bem, ela estava cansada, havia sido um ano difícil para a vinícola, a cabeça cheia de coisas.

— A senhora não quer me ver, voinha?

— Não é isso, Bamila — Abigail suspirou do outro lado da linha, deixando passar na voz uma vibração que a neta havia aprendido a reconhecer.

— O que o vô tem? Deixe eu falar com ele.

— Ele tá dormindo, depois te liga.

Bamila, teimosa feito a avó, respondeu, com a ansiedade queimando o peito:

— Pois, vó, abra as janelas do meu quarto que, sendo do seu gosto ou não, chego aí amanhã de tardinha.

* * *

O avô era pele e osso. A doença o atacou rápido e, quando notaram, já era tarde demais. O câncer já havia tomado quase todo o corpo, e Joaquim vivia à base de ervas que anestesiavam a dor.

— Ele pediu pra não te contar nada, não queria atrapalhar seus estudos.

— Mas era pra senhora ter me contado! A gente podia fazer algo, levar ele pra se tratar na capital.

— Ele não quer. Quer ficar em casa, e eu não tiro a razão dele. Morrer em quarto de hospital com um monte de gente desconhecida deve ser ruim demais.

— A senhora ia esperar ele morrer pra me contar? Sempre faz isso! Decide o destino de todo mundo sem perguntar o que a gente acha. Foi assim comigo, tá sendo assim com meu vô, deve ter sido assim com mainha. Era para a senhora ter morrido, não ela! — Mal as palavras saíram da boca, Bamila se arrependeu, mas já era tarde.

— Bamila, eu sei que você tá sofrendo e, só por isso, vou fazer de conta que não ouvi o que você disse.

Abigail bateu a porta da sala atrás de si e foi procurar alento na companhia de Djanira. A boca tremendo a dor que os olhos não choravam.

Quando entrou no quarto que cheirava a verde, Bamila soluçou, mas conseguiu segurar as lágrimas. Joaquim despertou, olhou a neta e juntou a pouca força que tinha para puxar a mão dela para perto do seu coração. Não conseguia mais falar, fraco como estava, mas ensaiou um sorriso e piscou, como se dissesse a Bamila que estava tudo bem, que ela não se preocupasse.

Bamila se demorou no peito do avô, esquadrinhando as veias

de suas mãos, o movimento da respiração, as rugas do rosto ainda muito bonito, apesar de envelhecido. Pegou o livro preferido do avô e leu um trecho de que ele gostava. Ao som da voz de Bamila, Joaquim morreu como se entrasse em um sonho, onde corria pelos campos, como desejava o personagem do seu livro preferido. Livre, finalmente.

Após a morte de Joaquim, Bamila se entregou de corpo e alma à residência médica em cirurgia. Ocupava a cabeça para não pensar na saudade que rachava seu peito feito argila modelada em pouca água.

Quando concluiu os estudos, outra apreensão surgiu em seu coração: a de Abigail morrer e ela estar longe. Bamila se viu solitária e perdida, então tomou o rumo que sempre tomava quando não sabia para onde ir.

Urânia a saudou com a terra molhada. O barulho das malas pousando no assoalho alertou Abigail, que não foi avisada, mas a recebeu com um abraço, entregando a mão para ser beijada e beijando a da neta em reciprocidade.

— Fez boa viagem, filha?
— Fiz, sim, vó.
— E essa cara? O que sucedeu?
— Ah, vó...

Não precisou dizer mais nada, afundou-se nos braços da avó e deixou a chuva do coração molhar seu rosto.

* * *

    Bamila nunca superara a perda do avô, a quem considerava um pai. Passava horas na biblioteca dele, sentindo seu cheiro no ar, recuperando as histórias que ele lhe contava. Recusava os convites de festas das amigas de Arcádia, onde a vida era mais inquieta. Carecia de paz para assentar a mente e a alma.
    Foi Djanira que soube de uma vaga no hospital de Arcádia, através de um médico que estava de passagem na região e havia se hospedado na pousada. O emprego surgiu na hora certa, e Bamila resolveu ficar mais um pouco. *Fico um ano por aqui e depois vejo o que faço*, prometeu. Atendia no hospital e no posto de saúde do povoado, e sempre ia às fazendas e aos assentamentos vizinhos aplicar vacinas e conversar com as pessoas. Depois de um tempo, voltou a sair com as colegas, arrumou umas namoradinhas, nada sério.
    — A mulher que arrasta os cabelos atacou novamente.
    A conversa na mesa do bar sempre descambava para esses assuntos.
    — Onde? — perguntou Bamila.
    — Dra. Paulina encontrou o corpo do marido duro no quintal de casa. "Causa natural." — A moça fez o sinal de aspas no ar.
    — Oxe, mas pode ser mesmo.
    — Nada! Todo mundo sabe o quanto ela apanhava do marido. Chegava aqui toda roxa e sempre com umas desculpas sem sentido. Queda de escada, batida em armário. Só pode ter sido a santa das espancadas.
    Bamila alisava os braços eriçados.
    — Deve ser muito triste viver por aí assombrando os outros.
    — Assombrando o quê, Bamila? A mulher é uma justiceira. D. Abigail devia erguer uma estátua pra ela bem aqui no meio da praça, no lugar dessa fonte horrorosa.

— Se voinha te escuta dizendo essas coisas, não digo nada, visse?
— Ela só vai saber se você contar.
— Quer saber? Eu vou indo. Esse negócio de assombração me deixa toda arrepiada. E hoje é dia de quermesse, se não passo lá pra ajudar tenho de ouvir sermão de d. Abigail.
— E a boyzinha do plantão? Como andam as coisas com ela?
— Não andam. Acho que vou morrer sozinha — deu um gole na bebida amarga e tomou o rumo de casa.

Bamila não fazia ideia, mas, naquela mesma noite, Teresa chegaria a Urânia para mostrar a ela que a sua linha do destino era feita de muitas coisas, menos de solidão.

TEMPO ONÍRICO

Sobre a cama feita de pregos, o corpo de Teresa parecia um saco de ossos coberto de neve. As pálpebras recusavam-se a abrir por completo. O peso na cabeça a fazia se lembrar da história que preenchia de um terror absoluto suas noites de infância. Um monstro faminto andava pelos telhados, procurando as pessoas que haviam comido demais antes de dormir. Ele se acocorava sobre a barriga do comilão e sugava a comida do interior de seu estômago, levando, por vezes, a alma de quem não conseguia acordar.

Por causa disso, Teresa nunca comia antes de dormir, mas mesmo assim sempre acordava no meio da noite sem conseguir mover nenhum músculo. Não era a Pisadeira, e sim o demônio feito de dentes, um familiar frequente em seus sonhos. Teresa lutava para despertar, mas a paralisia a puxava para dentro do pesadelo.

Viu a porta instalada no meio da ponte e a empurrou com a palma da mão direita bem aberta, sem encostar na maçaneta. Entrou com o pé esquerdo e se viu dentro de uma casa. A água na altura dos joelhos engolia suas pernas. No lugar do telhado, nuvens carregadas não a deixavam ver as estrelas. Na parede, o quadro da morsa e do carpinteiro, presente da mãe, guardado até bem pouco tempo, mas deixado para trás quando fugiu, lembrava-a de sua paixão pelo livrinho que embalara sua infância: uma edição antiga de *Alice no País das Maravilhas*, de capa vermelha, a mesma cor da chuva que caía na casa.

Foi o cantarolar da mãe, aos poucos, a guiá-la por outros caminhos. O ponto de Oxum, marcando o ritmo das ervas maceradas na bacia de latão, levou-a às giras de incorporação, em que a dança dos caboclos e dos mestres fazia vibrar o chão. Guiada pelo som, conseguiu sair da casa e se viu diante da placa: *Urânia*, repetiu em voz baixa. A serpente deslizou sobre seus pés e a guiou para dentro do povoado. Ela seguiu tranquila.

Teresa dormiu por um dia e meio. Na segunda noite, Bamila voltou com uma sopa e um termômetro.

— Oi, eu sou neta de Abigail, a senhora que tá cuidando de você. Como você tá se sentindo?

— Um pouco tonta.

— Normal. Você deve estar com anemia por conta do sangramento. Teve sorte de conseguir chegar aqui, podia ter desmaiado no meio da estrada. Não tá mais com febre, só precisa descansar, se hidratar muito e comer bem pra sarar logo. Depois posso te levar pra Arcádia pra fazer uns exames de sangue mais completos, só por garantia. Olha aqui, vó Dja fez essa sopa.

A moça não parava de falar. Enquanto a escutava, Teresa tomou a sopa em convulsão. Ela não comia direito havia dias, limpou o prato e o estendeu para Bamila. As pontas de seus dedos se tocaram, conduzindo uma tensão que partia circular do ventre até a boca, como uma respiração longa feita de resistência e esvaziamento.

— Qual é o seu nome mesmo?

— Bamila. O seu é Teresa, não é?

Ela assentiu, ainda fraca, mas se sentindo muito melhor. Ia agradecer Bamila pela sopa, mas não deu tempo. A jovem saiu apressada, prometendo voltar mais tarde.

Os dentes de Teresa rangiam enquanto ela sonhava. Costurava com linha preta uma porta de vidro. Fechada em si, era caminho e portal. Do outro lado, todos os fantasmas da sua vida passada dançavam em ruínas com as faces borradas.

No dia seguinte, acordou cedo após uma noite inquieta. Levantou-se com dificuldade. O corpo, travado de tanto tempo na cama, relaxou com o estalo de uma vértebra. Pegou uma roupa limpa na mochila e se livrou da camisola grudada no corpo.

Abriu a boca debaixo do chuveiro e aparou a água sob a língua. Desde criança gostava de fazer isso nas bicas do balneário nos fins de semana. A mãe se irritava, com medo de que a menina engolisse, vai saber, um bicho peçonhento. Mal sabia a mãe, Teresa já tinha um demônio morando dentro do seu corpo franzino. O danado passeava entre seus órgãos, enrolava-se em sua coluna feito um caduceu e dormia apoiado em suas vértebras, mas era na cabeça que lhe causava os maiores estragos, quando dizia coisas que despertavam nela a vontade de se entregar às águas da cascata.

Preciso planejar o que fazer, pensou Teresa, enquanto coágulos de sangue desciam ralo abaixo. Ela acariciou o ventre vazio. Ainda tinha um corpo. Às vezes, faltava-lhe essa consciência. Nunca sabia coordenar os próprios movimentos, comunicar ao corpo o que devia ser feito. Vivia a perder-se em bifurcações. O senso de direção equivocado.

A mente de Teresa era uma casa devastada. Em cada porta, uma memória fraturada. Havia na atmosfera um ziziar constante de abelha, sutil demais para ser notado, mas ruidoso a ponto de ela querer rasgar os olhos com as próprias unhas.

Lembrou-se da primeira vez que tentou fugir. Colocou na mochila da escola dois vestidos, um caderno, um estojo, duas maçãs, algumas bananas e uma garrafa d'água. Saiu de casa. Subiu a rua que dava para a linha do trem e lá precisou escolher entre esquerda e direita. Optou pela direção que a levaria a um dos bairros mais perigosos da cidade. Uma comadre da mãe a encontrou no meio do caminho, notou sua confusão e a levou de volta para casa.

Daquela vez, ninguém iria encontrá-la.

Teresa abriu a mochila e tirou de dentro algumas roupas, absorventes, um par de sapatos, dinheiro, documentos, o novenário de santa Teresinha, um celular e um revólver.

Seus dedos vacilaram enquanto apertava os botões do celular. Esperou. Ninguém atendeu. Levantou-se e andou pelo quarto. Ligou de novo. Nada. Começou a elaborar um plano: buscaria o carro e seguiria viagem. Logo ela saberia: ninguém tinha conseguido descobrir qual era o problema do carro, e talvez ela precisasse ficar mais um pouco.

Diante do espelho, acariciou a barriga flácida. As estrias desenhavam um mapa. Uma espera. Os hematomas no lado esquerdo do corpo não a deixavam esquecer, mesmo se pudesse. Ainda doía. Cada memória. Marca. Cesura. Ela, inteira, era um vestígio do passado.

Não desejava morrer, mas, ao mesmo tempo, não era fácil lutar contra o frenesi dos pensamentos. Seu corpo, ainda fraco, sarava devagar. Ensaiava o que dizer. A dor vinha em refluxo. Pressionou as têmporas com os polegares até tudo ficar em silêncio. Com o indicador, colocou uma mecha de cabelo atrás da orelha.

Decidiu sair para caminhar com aquele turbilhão na cabeça. Tinha um pressentimento percorrendo seu corpo como patas de aranha, causando-lhe coceira por todas as partes. Lembrava-se das visões durante o delírio, de Abigail, dos sonhos na casa. Ainda não conseguira formular um plano coerente para seguir com a vida e, ao mesmo tempo, pensava em ficar — se não por si própria, ao menos pela filha enterrada ali perto.

Doralice lhe veio à mente, sua amiga que todos os sábados, sem falta, visitava o túmulo do filho, morto aos quinze anos. Teresa saiu pela estrada, tentando refazer o caminho, encontrar a cova. Andou pelos arbustos de favela, e nada. Deveria tê-lo marcado com algo, uma cruz, uma pedra... *O que eu estava pensando, meu Deus?*

Na pousada, encontrou Djanira e Abigail conversando. Agradeceu o cuidado e tentou explicar, sem muito sucesso, como chegara até ali:

— Há uma semana, sofri um acidente e perdi meu bebê. Pensei em recomeçar a vida na capital, mas no meio do caminho comecei a passar mal. Nem percebi o quanto estava cansada, sabe? Meu carro deu defeito e a moça da mecânica ainda não encontrou o problema, então acho que vou ficar mais tempo. Sou jornalista, mas não estou trabalhando no momento. Quanto a senhora cobra pelo mês?

Foi cuspindo a história sem dar tempo de elas respirarem. A meia mentira escondida no fundo da garganta de Teresa fez a sobrancelha de Abigail arquear. Tudo é linguagem, até o que não é.

A situação toda. Tão estranha. Abigail não gostava disso, mas também sentia o aperto de um nó oculto, uma palpitação que se escondia em um canto do seu cérebro.

— Tudo bem, menina. Fico feliz de ver que você está melhor. Veja, a pousada é de Djanira, ela resolve isso pra você.

Djanira se compadeceu da forasteira e acabou oferecendo o aluguel do quarto com as principais refeições por um preço muito abaixo do comum.

O molhado entre as pernas a despertou. Foi como o pesadelo começou.

Teresa se levantou bem devagar, mas ainda assim o estrado da cama gemeu um pouco. Prendeu a respiração. Ele se mexeu, mas o ronco voltou a ressoar no caminho dela até o banheiro. Não doía nem nada. Só um jorro escuro feito cuspe de gente velha. Se limpou, cuidando de não fazer barulho. Pela janela, notou que faltava pouco para amanhecer. Voltou para a cama. *Quando ele sair para trabalhar, eu resolvo.*

Refez o teste de gravidez três vezes. Duas linhas azuis muito vívidas a encaravam em todas elas. Contou para ele. O jarro estilhaçado na parede espalhou fragmentos de vidro pelo ar. Um pedaço convexo se alojou na coxa direita dela, a um triz da artéria femoral. Teresa o arrancou de uma vez e o sangue esguichou. Saiu da sala mancando, em silêncio. Ele foi atrás feito cachorro que acabou de comer um chinelo. Pediu desculpas. Ajoelhou-se e beijou sua barriga.

— Tomara que seja menino — disse, entredentes.

* * *

Os gritos chamaram a atenção da vizinha, que bateu à porta e foi atendida por ele.

— Eu ouvi uma mulher gritar.

— Não foi aqui não, senhora — ele respondeu.

Atrás da porta, segurava Teresa pelo pescoço.

— Tá certo, então.

No dia seguinte, Doralice esperou o Homem sair de casa e bateu novamente. Dessa vez, Teresa atendeu. Nem esperou o convite, só foi entrando. Sabia que ela estava sozinha, então ofereceu ajuda.

Primeiro, Teresa negou, disse estar tudo bem.

— A senhora está enganada, era só o barulho da tv.

Depois, com a insistência da vizinha, cedeu e contou tudo. Dali em diante, passaram a partilhar inquietações. Teresa perdera a mãe e no colo de Doralice encontrou repouso. Isso amenizava a amargura.

Doralice vivia sozinha. O filho e o marido tinham morrido em um acidente de carro muitos anos atrás, e desde então vivia sozinha com um vira-lata que latia para tudo que passava na rua. Para se ocupar, trabalhava na associação de moradores do bairro e ofereceu a Teresa abrigo e suporte se ela quisesse denunciar.

Mas ela não queria de jeito nenhum:

— Ele me mata, Dora.

Ao saber da gravidez, Doralice teve outra ideia:

— Você precisa juntar dinheiro e ir embora. Eu tenho algumas economias e posso te ajudar também. Você pega meu carro e foge. Vai ter seu filho bem longe daqui.

— Vem comigo?

— Não posso, minha filha. Nasci nesta casa e aqui vou morrer. Além disso, quem iria colocar flores no túmulo do meu menino?

— Eu não vou conseguir ir sozinha.

— Vai sim, você é jovem, é esperta. Pode trabalhar com qualquer coisa. Leva o carro, não preciso mais, os documentos estão em dia. Quando você encontrar um lugar bom, vende e recomeça sua vida. Olha aqui.

Mostrou uma caixa de madeira com um revólver .38 dentro.

— Era do meu falecido marido. Pode levar também.

Carregava a barriga de sete meses.

— Por que você aguenta?

Desde que ouvira a pergunta feita por Doralice, a repetia todos os dias para si mesma. Acariciando a barriga redonda, olhou para os vidros de remédios em cima da penteadeira, um ansiolítico e um antidepressivo. A etiqueta com seu nome dançando logo acima da tarja preta. Não os tomava desde o início da gravidez, com medo de prejudicar o bebê.

Não sei por que aguento. Acho que não quero ficar sozinha no mundo. Ele não era assim. Era gentil, fazia todas as minhas vontades, cuidou da minha mãe doente, me levava pra viajar. Não sei o que mudou. Ele conheceu outra? Deixou de me amar? Eu pensei que, com você aqui dentro, ficaria mais amoroso, mas nada mudou. Doralice está certa, preciso te salvar.

Apertou a fralda onde escondia o dinheiro. Passou meses fazendo pequenos furtos, inflacionando o preço das coisas que ele gostava de comer e juntando o troco. Não fez o pré-natal direito. Mal tomou as vitaminas. Guardava o parco enxoval na casa de

Doralice para que ele não destruísse tudo em um de seus acessos de raiva. *Quando você nascer, vamos embora pra bem longe.*

O bebê chutava muito, dava para ver direitinho a sola e os dedinhos do pé.

Começou a chover forte. As luzes piscaram algumas vezes, até se apagarem de vez. Ela acendeu uma vela de sete dias. Um clarão atravessou a janela e iluminou a sala, logo depois veio o barulho estrondoso. Balançando na rede, Teresa tentou acalmar a criança dentro de si.

— Não tenha medo, neném, eu te protejo.

A pontada veio como uma onda. A xícara escorregou de suas mãos e se espatifou no chão da sala. Não conseguia se mexer. Um cheiro de arruda invadiu suas narinas. A contração veio forte e ela se curvou.

— Ainda não tá na hora, meu bem, se aquieta.

Andou de costas, devagar, até encontrar a porta da cozinha. Lavou o rosto na pia. Com esforço, varreu os cacos do chão. Ele chegaria logo, logo. Tomou um banho, trocou de roupa. Pegou a mochila pronta no fundo do armário. Colocou um pacote de biscoitos, água e frutas em uma sacola. Foi à casa de Doralice deixar as coisas no carro:

— Me espere. É hoje. Assim que ele dormir eu venho.

O pó das cápsulas do remédio para dormir se misturou com a cerveja. Ele sempre pedia uma antes do jantar. Nem tirou os sapatos, só se sentou em frente à TV e bebeu. Quando ele começou a ressonar, ela pegou as chaves da casa, mas, na pressa, esbarrou na mesinha ao lado do sofá, deixando cair um pesado cinzeiro de vidro.

Ele despertou, sonolento, e logo percebeu algo errado. Como um touro, investiu contra ela e a derrubou. Socou a lateral da barriga várias vezes. Ainda assim, ela conseguiu se levantar e foi em direção à porta. Tudo aconteceu muito rápido. Ele a espremeu contra o chão. As mãos em seu pescoço. Ela agarrou o cinzeiro caído e o acertou, com o golpe ele tombou para o lado. Ela bateu novamente. Mais e mais. Ele desmaiou. *Devia ter pegado o revólver de Doralice,* pensou.

Sem vacilar, ela trancou a porta por fora. O vestido se avermelhou. Foi para a casa de Doralice contendo o grito de dor, não queria chamar a atenção dos outros vizinhos.

— Você precisa fazer força.

Pressionou as têmporas com o indicador e o dedo médio. Empurrou até se esvaziar. O bebê saiu, mas não chorou.

— Por que ela não chora?

Doralice cortou o cordão com uma tesoura mais velha do que ela e balançou a cabeça.

O choro.
Dela. Da criança, não. Desceu estrangulado junto à placenta. O corpinho imóvel feito uma boneca bebê reborn, dessas que chupam chupeta, fazem xixi, falam "mamãe, estou com fome". Os olhos vidrados. Podia mesmo ser uma boneca.

A linguagem implodiu, ficou só o silêncio.

Pegou a bebê. Enrolou o corpinho em um xale azul. Entrou no carro.

Abigail acolheu Teresa, mas, como tendia a desconfiar de todo mundo, se manteve alerta. Experiências muito violentas deixam marcas profundas, semelhantes às escaras em uma casa velha. Era impossível não notar as infiltrações, as rachaduras, o mofo afofando o papel de parede. Abigail reconhecia em Teresa a sua própria casa abandonada. Temia suas intenções e, depois de muito tempo, deu o braço a torcer e chamou a Encantada nos sonhos. Pediu que ela mostrasse tudo o que precisava saber sobre a forasteira.

O caminho até o mundo pesadelar de Teresa seria longo.

Abigail andava pela casa antiga e malcuidada, feita de matéria pegajosa. O chão, semelhante a um pântano, borbotava a difícil respiração dos bichos escondidos na lama marrom-avermelhada. A água na altura dos joelhos sugou suas pernas. No lugar do telhado, nuvens carregadas não deixavam perceber as estrelas.

Viu uma criança sentada em frente a uma porta que levava ao porão, que chorava curvada sobre si. Seria Teresa? Ela olhou para Abigail e, no lugar dos olhos, dois buracos. Levantou-se e desceu correndo.

Abigail tentou segui-la pelos corredores estreitos e subterrâneos da casa. Gritos femininos saíam de um quarto próximo. Entrou e viu Teresa na cama. As roupas rasgadas. As marcas de mordidas nas pernas supuravam e ela se contorcia de dor.

Um barulho mais próximo chamou sua atenção, outra porta se abriu. O quarto se desdobrava em cenas labirínticas, nas quais, quase sempre, Teresa chorava ou fugia. Em uma delas, Abigail viu a si mesma apanhando do pai com a rédea de bridão, semanas antes de seu casamento. Viu o algoz de Teresa no lugar do velho Irineu. *Os minotauros têm sempre a mesma cara*, pensou.

O barulho da porta atrás de si a tirou da cena e a levou para a noite do casamento de Teresa. O Homem estava com uma tesoura no pescoço dela.

— Se eu sonhar que você pintou essa cara outra vez, eu mato você, entendeu?

Silêncio.

— Fala!

— Entendi.

— Parece uma puta. Você acha que eu não vi o seu jeito? Se oferecendo pro primeiro que passa?

Retirando um facão da cintura, Abigail se aproximou do Homem. A lâmina dançou tango entre os pulmões dele, movimentos longos e precisos. Estendeu a mão para Teresa, que já não era Teresa, mas Hermínia. As duas saíram correndo. Braços tentavam agarrá-las pelas frestas e rachaduras das paredes.

Ao sair da casa, Abigail percebeu suas mãos vazias. Teresa-Hermínia sumiu no ar e ela estava na beira de uma ribanceira. Da cova recém-feita na borda do abismo brotava um ramo de videira que crescia rápido demais. No chão, um xale azul era o oceano.

Abigail não sabia qual força a movia, nem como poderia estar dentro dos sonhos da menina. Isso, ao menos, era cristalino: não eram seus sonhos, eram os de Teresa — ou as memórias, não sabia ao certo. Por algum motivo elas tinham esse elo e, por isso, deixou-se guiar para dentro da casa pesadelar.

A Teresa dos sonhos, no entanto, não podia enxergá-la. Falava sozinha, e nem sempre Abigail conseguia entender. Um zumbido em seus ouvidos provocava nela um desnorteamento, uma sensação muito semelhante às enxaquecas que Abigail experimentava às vezes, um martelar constante que não a deixava pensar direito.

Teresa perdia-se na loucura que Abigail intuía ser a mesma a envolver sua filha. Elas eram como duas extremidades de uma mesma estrada que não apontavam para o fim, mas para um caminho infinito do qual seria impossível fugir.

O contato com Teresa a enfraquecia e ela sentia seus movimentos limitados dentro daquele tormento. No entanto, algo insondável a atraía para aquele poço sem fundo, como se ela mesma estivesse se metamorfoseando. A incorporação do sonho-memória, senti-lo tão vívido, tão real, atordoou Abigail. Feito Teresa, ela estava cansada de fingir ser outra pessoa, buscava saber o que era de verdade: um corpo que, de tão grande, não cabia no mundo. As vísceras à flor da pele não a deixavam saber se aquela transformação era hábitat ou exílio.

Não consigo me concentrar. Não sei o que fazer. Uma lista. Listas sempre me ajudam. Preciso me reorganizar. Lembrar como cheguei aqui. Não sei se quero ser Teresa. Mas não quero voltar a ser _____. Estou me esquecendo da minha filha. Não lembro mais *como era nem onde a enterrei. Minhas articulações estão enferrujadas. Doem os dedos. Os dentes. A pele. Se ao menos esse calor cessasse. O ventilador de teto não faz diferença nenhuma. Essa sede. Perdi a noção do tempo. Importa? Eu fugi. Estou segura? Preciso dar um jeito de falar com Doralice. Saber de algo. Dizer: Me chamo Teresa, não mais _____.*

A angústia de Teresa reverberou na terra. Enrolada nas ripas do telhado, a serpente observava aquele caos em forma de mulher que sonhava com uma chuva que nem molha, nem deixa secar. Uma ruína que vinha de cima. Fabricava mofo, aderia à pele e criava estrias, feito caminhos de lesmas que nunca levam a lugar algum.
    Ela dormia agitada. Se enrolava em caracol na cama grande demais para seu corpo franzino. Estava na casa pesadelar. Abigail a encontrou em um dos tantos quartos-pesadelo e elas compartilharam o devaneio. A serpente sibilou baixinho para não as assustar, mas, de todo modo, elas não a veriam, compenetradas que estavam ao percorrer aquela casa de sonhos.

Eu saí de casa para morar com ele e mainha disse: Filha, não vá. Se eu tivesse escutado minha mãe, hoje eu seria jornalista. O amor é essa coisa que me atravessou e criou raiz na garganta. Eu só sabia dizer "sim". Pra ele. Faltava pouco pra eu terminar a faculdade. Vamos viajar. Lua de mel. Você termina na volta, ele disse. Não teve volta, me vi presa na rotina de uma casa:
    varre,
    lava,
    passa,
    enxuga,

guarda,
cozinha,
tudo outra vez.
Sonho com a possibilidade de um bebê. Um menino com o nome dele e com suas feições. Mas, um dia, o amor troca de pele. Cresce-lhe pelos espinhosos por todo o corpo. As unhas se tornam garras. Os dentes, presas afiadíssimas. Um monstro à espreita. Ele não quer me devorar. Ele quer me cozinhar em banho-maria. Me engolir sem precisar mastigar. Uma massa mole sem dentes ou ossos.
    Algumas pessoas temem o que não podem ver. Fantasmas, assombrações, vultos ou sombras. Essas pessoas nunca viram o horror no centro de uma mão espalmada em direção ao rosto. No olhar cravado de fúria e prazer. Eu tenho menos medo das pernas penduradas na sombra refletida na parede, dos fantasmas na janela chamando meu nome e do demônio dentro de mim do que disso que as pessoas chamam de amor.

    Não sei lidar com essas emoções, Abigail pensou. *É algo novo. Um terror que não sei nomear, mas sei que se ela morrer aqui, neste monólogo e nesta casa, à noite ouvirão seus gemidos e o som de seus ossos quebrando como estouro de encanamento.* Ela sabia que precisava fazer com que Teresa conversasse com ela para que a loucura não ganhasse terreno. Tentou chamar sua atenção.
    — Por que você foi embora com ele, Teresa?
    Ela não escutou Abigail:
    — Eu só quero esquecer. Não me importaria se o abismo me devorasse. Por muitos meses, minha sina foi observar o definhar do meu corpo nas mãos dele. O cabelo ralo, a pele perdendo o viço, as unhas quebradiças. Meus nervos estremeciam a cada vez que ele fazia menção de me estapear sem motivo. Eu tentava disfarçar, colocando o cabelo atrás da orelha. Nessas ocasiões, ele go-

zava em silêncio. O amor é o meu fígado deteriorado. O apêndice estrangulado. O intestino constipado. A dor me comendo por dentro. Finalmente, mamãe, todos os sons abafados do seu quarto fizeram sentido.

Abigail notou que suas próprias memórias se confundiam com as de Teresa. Tentou se concentrar novamente e se viu em um quarto de casal. No meio dele, uma cama feita de troncos de árvore, os pés eram raízes cobrindo o chão, de onde brotava um líquido oleoso e amarelado.

— Eu queria terminar a faculdade, trabalhar, ter meu dinheiro. Ele não deixou. Dizia que não era coisa de mulher direita. Ele me batia se a comida não ficasse boa, se a bebida não estivesse gelada, se a casa estivesse suja, se a toalha estivesse molhada. Se o time dele perdesse.

O marido ria. O cheiro de álcool no ar. De golpe, ele a agarrou pelo pescoço e a jogou na cama.

— Você é uma puta. Como teve coragem de vir morar com alguém que mal conhece? E se eu quiser te matar?

De repente, Abigail estava no corpo de Teresa. Sentiu seu peso, o sangue correndo nas veias, o ar passando pelos pulmões, a pupila dilatando, as pálpebras batendo feito asas de beija-flor. Ele sorriu com a mandíbula larga. Ela prendeu a respiração enquanto ele esmagava sua cara no travesseiro e a violava por trás. Quando acabou, o Homem a jogou de lado. Então ela se lembrou da noite do seu casamento, de como ficou impotente, mas, agora, não mais. Pegou o cinzeiro de vidro na mesa de cabeceira e bateu nele até que não estivesse mais respirando. Foi um alívio.

Abigail conduziu Teresa até a porta da casa.

Ela saiu. Enfim.

* * *

Quando Abigail despertou do sono enfermo, percebeu que não estava mais sozinha. Ao seu lado, Djanira ressonava, Bamila estava recostada em uma poltrona e a serpente a observava das vigas do telhado.

Nos sonhos de Teresa, o sol estava prestes a se pôr. O enredo variava pouco. A estrada, o rebanho de bodes, o corpo na cova estreita, a dor nos braços. Também acontecia de o xale azul se transmutar em oceano, recobrindo o sertão mais uma vez. Ela boiava na água, sem terra à vista. Em outros sonhos, um buraco se abria, engolindo-a em uma queda sem fim, e ela via a si mesma sendo enterrada viva. Os vermes vindo para o jantar.

O desejo de encontrar o túmulo da filha ardia no seu pensamento, dormindo ou acordada. Não havia desistido. Refazia os passos a partir da placa de entrada da vila. Calculava que estava a dois quilômetros — três, no máximo — dali. Arranjou uma pá com a mecânica que consertava seu carro e saía com ela pelo tabuleiro, cavando. De repente via uma pedra ou arbusto que ressoava uma memória em sua mente, mas era tudo como no sonho, não encontrava nada e se desesperava cada vez mais.

Em outra tarde, Teresa sonhou com um gato raivoso arranhando suas costelas, acordou sem fôlego e correu para a janela do quarto em busca de ar. Olhou para baixo e percebeu que estava em um lugar muito alto. Não conseguia nem ver o chão. Sua pele era uma casca embranquecida se desprendendo do corpo. O gato raivoso rasgava seu diafragma e ela podia ver as garras através da pele quebradiça, tentando sair pelo peito. Puxou o ar, mas o pranto agoniado não a deixava respirar. Tropeçou nos pedaços de pele que se soltavam, até que Bamila surgiu em meio à neblina e soprou dentro de sua boca.

Acordou com ela batendo à porta. Trazia um filhote no colo.

— Encontrei hoje cedo, abandonada em uma caixa perto do posto de saúde. Achei parecida com você, assim, galega de olho azul.

Teresa não contou do sonho, mas ficou com a gata. Gostou do gesto e de ser lembrada. Seu nome seria Lete.

Já sozinha no quarto, Teresa levantou da cama e viu a gata enrodilhada no cesto. Pegou a felina com uma mão só e a levantou sob a luz da janela.

— Você quer ser minha filha, Lete? Já tive vários bichinhos. Meu primeiro amor verdadeiro foi um cachorro chamado Simbá. Ele era lindo, preto com branco. Mainha só o deixou ficar porque painho garantiu castrá-lo.

Teresa era criança na época, mas conseguia se lembrar perfeitamente de como tudo aconteceu. Foi sem anestesia. Seu pai e seu avô ajudaram a segurar o cachorro. Esterilizaram as facas com uma cachaça amarela. A menina achou que ele fosse morrer de tanto que chorava.

Os testículos foram parar dentro de um vidro fosco, guardado em uma caixa junto com duas galinhas, pagamento pelo serviço.

Com o cachorro ganindo no colo, Teresa olhou para o céu e viu Jesus. O pai achou que a filha tivesse ficado maluca.

— Os homens gostam de castrar a gente, Lete, é isso que eles fazem. Fazem a gente desatinar e começar a ver coisa onde não tem.

A luz do sol as iluminava.

— Ninguém vai arrancar nada de você, Lete. Eu não vou deixar.

Colada ao corpo de Teresa, a gata parecia procurar um peito, chupava a blusa dela com sofreguidão. Percebendo a fome do animal, Teresa abriu a blusa e aliviou do sutiã os seios inchados de leite. A pequena tinha dentes afiados e feriu Teresa.

TEMPO PRESENTE

Teresa se levantou disposta a fazer algo da vida. Até ali, seu tempo se dividia entre procurar a cova da filha no meio da caatinga debaixo do sol e esperar alguém atender o telefone do outro lado da linha. Estava a ponto de enlouquecer e sabia que em breve ia precisar de mais dinheiro.

Procurou Djanira no balcão da pousada e perguntou se podia ajudar em algo. Queria trabalhar.

— Você pode me ajudar com a pousada. A moça que trabalha aqui vive adoentada e falta demais. Nem sempre eu posso ficar na recepção, tenho muita coisa pra fazer. Seria bom ter alguém ajudando de verdade. Você pode revezar com ela e a gente desconta o aluguel do quarto do seu salário. Que tal? Não é igual seu trabalho de jornalista, mas presta.

— Obrigada, d. Djanira, tá perfeito. Eu tô desempregada mesmo e pretendia ir pra capital, mas gostei tanto daqui... resolvi ficar um pouco mais. E não consigo ficar parada, sem fazer nada.

— Pois aqui não vai faltar trabalho pra você.

* * *

Teresa também ajudava nas compras, ia ao banco pagar contas, atendia o telefone. Nas horas vagas, começou a desenhar um mapa de Urânia e criou um site com os pontos turísticos da cidade: a vinícola, a igreja da Beata Maria, a torre no alto da serra de onde se via todo o vale, o açude.

Botava a cabeça para funcionar, assim esquecia o número para o qual ligava e ninguém nunca atendia, a cova encoberta e o pânico de dar de cara com o marido novamente.

Já fazia dois meses que estava em Urânia. Havia se aproximado de Bamila e encontrara nela uma amiga. Não eram confidentes, mas conversavam amenidades, e quando Bamila era mais invasiva nas perguntas, Teresa desconversava. Nos finais de semana, assistiam a filmes na casa de Abigail ou passeavam pela orla de Arcádia, famosa pelas casas barrocas do final do século XIX e pelo teleférico que ia do rio até a ponta da serra. As ruas largas de calçamento eram enfeitadas por pés de juazeiro e de jambo, que davam sombra aos animais e às senhorinhas reunidas nas portas para cuidar da vida alheia.

Teresa gozava daquela liberdade que lhe era tão incomum. Experimentava uma sensação de estiramento, como se se desprendesse de uma teia grudada na pele. Havia passado tanto tempo presa em casa que se esquecera do gosto de outros ares. Urânia tinha sabor de chuva, enquanto o de Arcádia, por exemplo, era ferroso. Até o clima era distinto. Enquanto em Urânia corria sempre um vento frio, Arcádia era quente. Era possível sentir a diferença só de cruzar a fronteira entre o povoado e a cidade — como atravessar um portal.

Na companhia de Bamila, seu repertório também se enriqueceu, não só o de sentimentos, mas também o de palavras.

Uma linguagem distinta ganhava corpo, uma metamorfose em curso. Os terrores noturnos deram trégua e ela nunca mais visitara a casa pesadelar.

Dormia um sono limpo, sem memória.

Djanira e Bamila acolhiam Teresa sem ressalvas, mas Abigail se mantinha alerta.

— Tem coisa estranha aí e eu vou descobrir o que é, Djanira. Ainda mais com Bamila se engraçando pros lados dela.

— Tu tá vendo coisa onde não tem, Bigá. Elas são moças. Faz bem pra Bamila estar com alguém da mesma idade, os mesmos gostos. Tu não lembra de quando a gente era mais nova?

— Se ela não tiver nada a esconder, perigo não faz. Mas e se tiver?

— Eu acho que tu tá exagerando e nós duas sabemos por quê.

— Eu não sei de nada.

— Bamila não é Hermínia, Bigá. Ela é esperta, estudou na capital, já namorou. Não dá pra você querer controlar a vida dela a essa altura.

— Proteger não é controlar, Dja. Você não é mãe, não entende minha preocupação.

Djanira balançou a cabeça. Às vezes, Abigail ficava cega de preocupação e dizia coisas que a magoavam, mas nem adiantava retrucar, sabia que ela não daria o braço a torcer. Acreditava que a amiga não fazia por mal, havia sofrido muito e construído em torno de si uma casca mais dura que pau de umbuzeiro. Já Djanira, não: era feita de madeira distinta, maleável, não se deixara endurecer por causa das bifurcações da vida.

Rogando para que Abigail tomasse uma boa decisão, Djanira

voltou aos seus afazeres na pousada. Sempre ocupada, não pensava na saudade que sentia de Hermínia, nem revivia os momentos em que foram felizes brincando de mãe e filha.

Compraram sorvete na pracinha lotada de crianças. Nessas horas, Teresa voltava a ser quem era antes de conhecer o Homem que mudara o curso de sua vida. O corpo ficava mais leve, ria com qualquer bobagem, conseguia relaxar a tensão dos ombros.

— Então, quando você vai me contar de onde vem? — perguntou Bamila.

— De onde você acha que venho?

— Não sei... deixa eu ver... esse sotaque não é daqui, mas é do Nordeste, com certeza.

— É um sotaque meio misturado mesmo. Nasci no Ceará, mas fui embora cedo. Morei um tempo em João Pessoa, na adolescência. Depois, mudamos pra Petrolina, onde eu fiz faculdade.

— E o que você veio fazer aqui?

Fugir. Enterrar minha filha. Recomeçar.

— Fiquei desempregada. Minha mãe morreu faz pouco tempo e eu não tinha mais ninguém no mundo. Decidi me aventurar na capital, voltar a estudar, encontrar um emprego.

— E a gravidez?

Teresa se engasgou com o sorvete.

— Eu perdi o bebê. Acabei saindo do hospital antes do tempo, devia ter esperado um pouco mais.

— E acabou em Urânia.

Teresa soltou um sorriso triste e assentiu. Bamila imaginava que a situação era muito diferente do que Teresa descrevia, mas não ousava perguntar. Sabia que, quando quisesse, ela contaria. *Tudo tem seu tempo.*

— Olha, a roda-gigante vai abrir! Vamos lá? — propôs Bamila.

Teresa sorriu, aliviada.

O sino da igreja tocou a sexta badalada. Lá no alto da roda-gigante, Bamila agarrou a mão de Teresa e fixou o olhar em seu arco do cupido, o espaço curvo entre o nariz e a boca. As luzes do parque incendiavam o céu, mas ainda era possível ver Antares brilhando na constelação de Escorpião através do beijo das duas.

O corpo de Teresa descamava por inteiro, os olhos, ainda opacos, se renovavam feito cobra em tempo de ecdise. Era possível vislumbrar uma pele nova cobrindo a extensão de seu corpo, erigindo-se como um monumento. De pouquinho em pouquinho, feito um bebê aprendendo a andar; feito a semente plantada por ela, germinando no estômago do mundo; feito uma cidade construída tijolo a tijolo; feito a terra que se renova, milênio após milênio.

Um carrossel funciona com um mecanismo muito simples: enquanto gira em um movimento circular uniforme, o eixo faz com que os cavalinhos ligados por cordas à estrutura se levantem, resultando em uma força centrípeta que desloca o corpo para o centro da trajetória. O corpo sobre o cavalinho tem a sensação de ir para a frente e para cima ao mesmo tempo, mas está tão somente girando em um eixo comum.

Assim vivia Hermínia, presa ao eixo de sua própria narrativa, desesperada por não saber como descer do brinquedo. Quase trinta anos haviam se passado desde o fatídico dia, e a santa das espancadas já capturara muitos homens, fazendo seus espíritos sumirem no vazio. Era algo nunca visto antes: uma energia que não se transformava, apenas se extinguia. Envolta em uma névoa de ódio, Hermínia era uma espiral de escuridão e esquecimento. No lugar dos olhos, carregava dois ocos. Ganhou um aspecto acinzentado feito pedra e os cabelos pesavam com mil serpentes.

De quando em quando, Abigail podia senti-la por perto, mas a filha, diferente dos outros espíritos, nunca se mostrava.

Na noite em que Teresa chegou em Urânia, algo insólito aconteceu com Hermínia. Primeiro, veio o clarão seguido de um estrondo, e então, uma a uma, as engrenagens do carrossel foram parando. As serpentes da sua cabeça começaram a sibilar, todas ao mesmo tempo, até se aquietarem de repente.

Depois de tantos anos de noite profunda, através do oco dos seus olhos, Hermínia finalmente conseguia ver, lá longe, um ponto de luz. Era apenas um vislumbre, uma pessoa, uma mulher, talvez. Foi quando ela começou a lembrar.

Teresa, ao contrário de Abigail, não se lembrava de nada ao acordar, mas, apesar de os sonhos ficarem no outro mundo, carregava consigo o terror de uma iminente aparição do marido.

Assim como Bamila, Abigail também havia se aproximado de Teresa e esperava criar uma conexão que fizesse a jovem compartilhar suas angústias, mas ela não deixava escapar nada além do que já dissera, ou do que Abigail tinha visto no sonho.

Ser cuidada por alguém era algo com que Teresa não sabia lidar. Passara a infância e a adolescência cuidando da mãe bipolar, que ora estava feliz e era a melhor mãe do mundo, ora passava dias deitada na cama, revezando entre gemidos, sono e ameaças de suicídio. Teresa não tinha nem quinze anos e já vivia exausta de todas as formas.

O pai também se cansou e foi viver com outra mulher, ter outra vida, outros filhos, e raramente aparecia para ver como Teresa estava. Ela ansiava por esses encontros e fazia de tudo para chamar a atenção do pai, mostrando os boletins impecáveis e as medalhas que ganhava nos concursos de redação, mas as visitas foram ficando cada vez mais espaçadas até cessarem completamente e darem lugar a telefonemas frios.

Quando conheceu o Homem, Teresa estava lidando com o

câncer da mãe e com a ausência do pai. O rapaz se tornou o seu porto seguro. Ajudava com a sogra durante as sessões de quimioterapia, limpava a casa quando Teresa não estava, levava-a ao cinema, para a universidade, fazer compras, tudo para tentar distraí-la. Teresa achava que finalmente havia encontrado o amor que tanto merecia. Até que não achou mais.

O beijo de Bamila fora uma novidade. Não acreditava ser capaz de gostar de outro toque novamente. Passou dias evitando a presença dela. Criava ocupações na pousada, almoçava em horários diferentes, ia ao mercado várias vezes por dia e sempre esquecia algo de propósito, a pretexto de sair novamente, só para não a encontrar. Experimentava um alívio imenso quando ela ia para o plantão noturno em Arcádia, acreditava ganhar tempo com isso.

Mesmo que Bamila nada exigisse, sentia-se encurralada. Só a antecipação de um toque quando ela se aproximava lhe dava gastura. Não queria sentir aquilo que formigava em seu peito. Estava confusa. A trama do que vivera era difícil de ser desfeita, e a ideia do amor deixava um gosto azedo em sua boca, feito ressaca de bebida ruim. Bamila não entendia, nem poderia: não sabia da missa um terço e também andava confusa com o que sentia.

Teresa gastava tempo demais refletindo sobre a sensação de incompetência diante daquele novo sentimento, que já nascera maculado por um passado feio e do qual se culpava. Quantos beijos antecedem um tapa? Como confiar no amor se ele foi a causa de tanto sofrimento? Ou aquilo de antes não era amor, afinal? Impossível não relembrar o liame puxando-a pelo pescoço feito coleira, fazendo-a criar explicações mirabolantes para si mesma, justificando os roxos nos braços, o barulho de pratos estilhaçados de madrugada, a cara esmagada na parede, amarelada como fruta podre. Como permitira tamanha violência ganhar corpo na sua vida? Ela só queria respirar um pouco e reconhecer-se como uma pessoa.

Seria complicado demais contar de onde vinha, do marido, da gravidez, da perda da filha, enterrada no meio da caatinga. Nem lembrava direito onde ou por que fizera aquilo. Já tinha voltado algumas vezes na estrada, procurando em vão o lugar da cova. Precisaria falar sobre Doralice, de quem não tinha notícias desde a partida, o que a preocupava: telefonava e ela não atendia. Falar do pavor de ser encontrada pelo marido, mesmo ali, em um povoado de que nunca ouvira falar até nele pôr os pés. Teria que revelar seu nome verdadeiro, contar que não era jornalista coisa nenhuma. Os fios da trama se enredavam em uma cama de gato. Não era justo nem com ela, nem com Bamila.

Naquela madrugada, sonhou com Bamila vestida de vermelho, cavalgando um raio que caía junto aos seus pés. Uma rachadura se abria e sua cabeça afundava na fenda escura e molhada. Quando acordou, sôfrega de desejo, pensou se o melhor a fazer não seria ir embora de Urânia e arrancar o amor pela raiz.

DEVIR

O verão trouxe um sol abrasador e os dias ficaram mais quentes e largos. As mulheres de Urânia comemoravam a virada do ano com uma celebração feita na capela da beata. E tinha o tradicional banquete oferecido por Abigail na praça. A fartura era tão grande que vinha gente de Arcádia passar o dia comendo e bebendo no povoado.

Já no dia 1º de janeiro, iniciavam-se as comemorações em memória do martírio da beata Maria de Araújo, com procissão e exposição do paninho sagrado com o sangue precioso, que passava o resto do ano guardado a sete chaves na casa de Abigail. As crianças da vila, todas meninas, encenavam a vida santa da beata, o sangramento da hóstia, o jugo da Igreja e a condenação ao isolamento. Depois, a morte era encenada, com ela subindo em um cavalo branco com asas e indo em direção ao céu.

Completaram-se sete meses da chegada de Teresa e ela ainda não tinha notícias de Doralice. Pior, ligava e ouvia uma gravação eletrônica pedindo para conferir se o número estava correto. Mesmo descrente, no dia em que as moradoras de Urânia celebravam a beata negra, resolveu rezar. Pedir uma luz, uma notícia qualquer. Deixara de crer havia tempo, mas a ocasião pedia um milagre. Ela, que não sabia rezar, sentou-se na cama, fechou os olhos e rogou à Beata Maria. *Preciso saber se Doralice está bem.*

A mão pesou no seu ombro e, quando se virou, deu de cara com a velhinha muito branca que se destacava no meio de todos. Ela se sentou ao lado de Teresa e, sem pedir permissão, pegou suas mãos:

— A pessoa que você tá procurando não está mais neste mundo, deixe ela seguir o caminho dela. Você precisa se preocupar com aquele que te procura. Olhe para a encruzilhada e escolha um caminho: você vai fugir ou vai enfrentar seu destino?

Teresa já tinha ouvido falar de Bea d'Holanda e da sua fama de feiticeira, mas ainda assim ficou espantada com suas palavras. Não teve nem tempo de se recuperar da surpresa, Bea já havia ido embora, da mesma maneira que chegara.

Teresa nunca reparara muito na geografia de Urânia, mas se deu conta de que a praça ficava exatamente no meio do povoado, entre quatro ruas. A encruzilhada mencionada por Bea não era somente metafórica. Ela precisava escolher um caminho.

Naquela noite, Teresa percebeu que não podia mais guardar tudo aquilo para si. Não tinha forças, estava cansada demais, assustada demais. Era uma noite clara, lua cheia no céu, e ela saiu da pousada meio atarantada. Andou pela praça, pensando no que podia ter acontecido com Doralice. Acreditara no recado da feiticeira e vislumbrou a vizinha sendo atacada pelo marido, pedindo ajuda, negando-se a entregá-la. Conhecia bem a força daquela fúria e lamentou profundamente tê-la envolvido no caos da sua vida.

Desde o encontro com Bea d'Holanda, o desassossego se tornara constante, os tremores invadiam as nervuras entre os dedos e unhas, as pálpebras não paravam quietas. Teresa deixou-se apossar pelo temor que a seguia desde a noite em que fugiu. Vivia como se a qualquer instante pudesse ser surpreendida por mãos invisíveis cobrindo seus olhos: *Adivinha quem é?*. Sabia que não podia continuar daquele jeito, à mercê da expectativa do que poderia ou não acontecer.

Se ele pudesse vê-la, o marido adiaria ainda mais sua chegada, degustando o terror de Teresa como um bolo de chocolate cheio de cobertura. A massa marrom grudada nos dentes, remexendo na boca. A língua sorvendo o sabor e enviando sinais de prazer ao cérebro. O bolo bem que podia ser a cabeça de Teresa em uma bandeja de prata.

Seus pés pesavam toneladas e ela respirava com dificuldade. Parou diante da fonte, observando os desenhos de árvores que a enfeitavam. Reconhecia o umbuzeiro, a craibeira, os cactos, as acácias e os ipês. Sentou-se na borda e tocou na água, ouvindo o ruído das pequenas quedas. Passou a água fria na nuca e na fronte. Quis bebê-la, tomar banho ali, inundar-se, tamanha a paz que sentia naquele momento. Tocou com a língua os dedos molhados e percebeu que a água era salgada. Não saberia dizer se era efeito do barulho da água caindo ou do seu sabor, mas os pensamentos em sua mente foram se aquietando e ela soube imediatamente o que fazer.

Encontrou Abigail sentada em uma cadeira de balanço, no alpendre de casa, tomando chá de camomila. Estava sozinha, o que era uma novidade, pois quase sempre andava com Djanira. Aproveitou a oportunidade e pediu permissão para sentar-se ao seu lado. Abigail lhe ofereceu uma xícara de chá, que foi aceita de bom grado.

    Passaram um tempo em silêncio, o vento soprando leve entre as duas. No terceiro gole de chá, Teresa criou coragem e começou a contar sua história. Falou da mãe doente, do abandono do pai, do casamento malfadado, da gravidez e da perda da filha. Contou que enterrara a bebê na caatinga, que gastava suas horas procurando o túmulo porque se esquecera de marcar o lugar. Por último, falou do marido, sabia que ele estava à sua procura e não se sentia mais tão segura.

    — Meu problema é não odiar o suficiente — disse Teresa.

    — É preciso um punhado de ira pra temperar a vingança, isso é certo.

    — Houve um período em que desejei muito desaparecer, talvez por isso eu tenha aguentado tanta coisa em silêncio, em estado de dormência. Chega uma hora que a gente desliga e não se importa mais.

    — Você nunca pensou em pedir ajuda?

    — A gente aprende a guardar a dor no mesmo lugar onde ficam as meias sem par e as tampas de caneta. Tem uma hora que a gente começa a achar que merece apanhar mesmo, que fez algo errado, sabe? Ele me convencia disso, de que eu não fazia nada direito, de que eu era um lixo. Uma vez, nós saímos e ele se irritou com alguma coisa, não dava pra saber exatamente o que era, ele só se levantou e foi embora. O lugar era longe, eu não tinha dinheiro, tive que voltar a pé pra casa, na chuva. Ele me deixou do lado de fora até amanhecer e eu peguei uma pneumonia, quase morri. Ele me afastou das minhas amigas, me proibiu de usar o celular, de sair de casa sozinha. Um dia, percebi que ele sorria quando me batia. Era algo muito sutil, no canto direito da boca, e ali eu me dei conta: nos olhos, eu via raiva, mas ali, no canto da boca, estava escondida uma espécie de gozo. Eu não sabia o que fazer. Eu não tinha ninguém, e logo depois descobri que estava grávida. Se não fosse por Doralice, minha vizinha, eu não estaria aqui. Provavelmente estaria morta. Não sei nem por que troquei meu nome. Estava apavorada, eu acho. Há quase um dia estava na estrada, atordoada pelo choque do parto, da morte e do enterro da minha filha. Tudo aconteceu tão rápido que tive a impressão de estar assistindo a mim mesma de fora. Preocupada que ele estivesse atrás de mim e me achasse aqui.

Enquanto ouvia Teresa, Abigail especulava se Hermínia também havia passado por todas aquelas coisas. Se também havia pedido uma ajuda silenciosa que ela nunca percebeu, ocupada como era. Entendeu, finalmente, o incômodo que sentia desde que conhecera a forasteira: ela era um espelho de sua filha.

Naquela tarde, as horas não passavam, o relógio andava atrasado. Sentou-se no banco da praça e repassou mentalmente o que ia dizer a Bamila. Tinha duas alternativas: continuar fugindo ou ficar e dar uma chance aos seus sentimentos.

Bamila caminhava em sua direção, e o tempo parou como nas tardes de domingo. Teresa sentiu seu corpo desmontar e remontar-se, como um quebra-cabeça. Ansiava viver o formigamento do desejo, queria acreditar que o amor não era mau, mas o terror que sentia era mais forte. *É uma escolha*, disse a si mesma, relembrando o conselho de Bea d'Holanda.

Bamila intuía a proximidade do naufrágio. Sentou-se ao lado de Teresa e a envolveu em um abraço longo. Ficaram em silêncio, os corpos atados feito um só. A linguagem era outra. Uma linguagem do corpo, da dor se encontrando com o bálsamo.

Passado um tempo — minutos ou horas, não saberia dizer —, Teresa levantou o rosto marcado por dois rastilhos e confessou seu verdadeiro nome.

* * *

Naquele exato momento, não muito longe dali, um carro preto estacionava no posto de gasolina e de dentro saía um homem. Pediu à frentista para encher o tanque e, enquanto acendia um cigarro, perguntou se a estrada mais adiante era tranquila. *Passei por muitos animais*, ele disse. A frentista, conversadora, comentou sobre os muitos acidentes causados por motoristas desavisados que corriam demais por aquelas bandas. Ele pagou. Agradeceu. Entrou no carro.

Devia seguir viagem, mas preferiu entrar no povoado e comer algo antes. Ao passar pela praça, a figura de uma mulher sentada no banco chamou sua atenção. Ela era baixa, magra, cabelos loiros cortados na altura dos ombros. Estava de mãos dadas com outra, de tranças, bem mais alta que ela. Ambas sorriam. Ele jogou o cigarro no chão e gargalhou:

— Adivinha quem é?

As mulheres, concentradas no momento de ternura, não o viram, não o escutaram. Ele deslizou com o carro sobre o asfalto, observando-as. Podia ter agido ali, mas decidiu esperar um pouco e seguiu dirigindo. Mais adiante, pouco antes da saída que levava ao litoral, viu uma placa:

Bar e Hospedaria do Peixe
Diárias a partir de 30 reais
Não aceita fiado

Estacionou em frente à calçada suja, entrou no bar e pediu uma dose de cachaça. O homem atrás do balcão nem hesitou, reconhecia de longe o tipo.

— Deixe o litro.

— Se o patrão também quiser uma companhia, é só avisar.

No rádio, tocava "Ainda ontem chorei de saudades", na voz de João Mineiro e Marciano.

O bairro de Residência se assemelhava a uma tumba: o cheiro de gordura e de bicho morto empesteava o ar. Era também um lugar de passagem para caminhoneiros que faziam o transporte de frutas entre o sertão e a capital, e para boias-frias que trabalhavam por colheita, recebendo apenas o bastante para pagar a bebedeira do final do dia.

Os que moravam ali, muito pobres, se sustentavam com pequenos furtos de animais. Os chincheiros passavam os dias deitados pelos cantos em cima da própria sujeira. As garotas do Bar do Peixe, cansadas, bebiam para esquecer o ofício ou algum homem que deixara lembranças na pele.

Todos tinham um olhar desconfiado e se arrastavam sorrateiros feito rabo de lagartixa que se esconde apressada. As mulheres eram inférteis, portanto, não havia crianças. Mesmo assim a população não diminuía, porque sempre chegava alguém, vindo não se sabe de onde, com o mal embrulhado no peito, disposto a se deixar consumir pelo que quer que vivia ali.

As casas, feitas de madeira ou de taipa, caíam aos pedaços, as ruas sem calçamento ou esgoto denotavam a decadência do lugar, que crescera como uma faveleira cresce no meio da plantação — de mansinho, sem ser notada; quando se vê, alcançou três metros. A rua era escura, porque a iluminação era precária, com postes improvisados e luzes incandescentes, a maioria queimada. Algumas pessoas moravam ali mesmo, nas calçadas, rastejantes como baratas amontoadas em dias de calor. Nas noites de frio faziam fogueiras que estalavam com a eletricidade do ar.

O dono do bar, Zé do Peixe, chegara ainda menino com seu pai, assim que o chafariz foi assentado sobre a praça em Urânia. Por entenderem de construção, tinham a melhor casa de Residência, a única em alvenaria e com mais de um andar. Embaixo funcionava o bar, que fedia a álcool e fritura velha, e na parte de cima, a hospedaria, com a maioria dos quartos ocupada por moças que trabalhavam de domingo a domingo.

Não se sabia bem se o bar fora aberto na rua do Grude ou se a rua começara em torno dele. Contava-se que o pai do Zé era um homem metido com sortilégios e embruxamentos, e, justamente por isso, decidira viver perto do cemitério, de onde roubava ossos e pele dos mortos, e do matadouro, onde arranjava vísceras de animais para suas amarrações.

Em Urânia, corria o boato de que o "lado de lá", como chamavam o bairro, era amaldiçoado desde a época da guerra dos cariris, por ter sido ali o lugar onde os espíritos dos caraí mortos em batalha se fixaram. Como eles foram a própria encarnação do mal, a energia do lugar teria se condensado a ponto de torná-lo uma espécie de umbral, arrancando a vontade de viver de quem se aproximasse. Era possível ver, mesmo de dia, sombras escorrerem pelas paredes das casas. Os espíritos dos andarilhos, mortos em acidentes nas estradas, acabavam presos em uma cova de infortúnio, não podiam sair e ainda puxavam para si aqueles com quem se assemelhavam.

Não havia uma proibição expressa que isolasse os moradores de Residência daqueles que moravam no centro do povoado, mas existia certa convenção, um limite incorpóreo, uma teia fina separando os dois mundos. Os moradores de cada lado permaneciam próximos, porém indiferentes uns aos outros. Benesse e desgraça andavam lado a lado sem jamais se encararem.

Quando o marido de Teresa pisou no bar, cruzando a linha imaginária que separava os dois lados do povoado, as sombras se agitaram e escorreram enlouquecidas pelas paredes. Se fossem vivas, talvez pudessem sentir um gosto de sangue na boca.

O ar quente do verão levantou uma poeira fina, e todos os moradores de Residência sentiram uma inquietação conhecida na pele, como se houvessem despertado de um grande torpor e acordassem diante dos portões do inferno, sem chance de salvação. Sem saber o motivo, começaram a chorar, lágrimas grandes e pesadas que caíam no chão e logo evaporavam. Até elas talvez temessem o que estava por vir.

Bamila deslizou os dedos pela pele de Teresa, esquadrinhando com cuidado e reverência as linhas e texturas que se espalhavam pela barriga dela como raízes sob a terra. Cada estria testemunhando uma perda. Teresa observava Bamila, tensa, como se estivesse esperando o toque com a respiração represada. Quando ele veio, algo dentro dela quis resistir, um resquício daquele terror antigo.

Mas Bamila era paciente. Com os lábios, desenhou mapas, explorando cada curva, cada pedaço do corpo que a outra mulher aprendera a ocultar por tanto tempo. Teresa se contorcia, em dúvida entre fugir ou se entregar. Seu corpo falava uma língua confusa. Rígido, febril, como se estivesse queimando, com músculos pulsando embaixo de Bamila, um espasmo de resistência.

Desacostumada a receber carinhos, Teresa se agitava para então relaxar, como se o oceano contido em uma caixa finalmente transbordasse. Nos braços de Bamila, se desfez e se recompôs, como se ela acariciasse não apenas sua pele, mas cuidasse de suas feridas invisíveis, levando embora cada pedaço do seu passado.

* * *

No dia seguinte, desceram juntas para a cozinha. Felizes, não pressentiram o mal ruminando lá perto feito enxame de vespas.

Estavam preparadas para um sermão e para milhões de recomendações não solicitadas, mas, com espanto, encontraram uma Abigail paciente e acolhedora, até contente com a união que estava longe de ser surpresa. Tomaram café com cuscuz e bolo de macaxeira e aproveitaram aquele momento raro de tranquilidade, rindo e conversando amenidades. Djanira contava para Teresa histórias da infância de Bamila, de como a menina sempre tivera um interesse estranho por coisas de morte e fazia o avô abrir os bichos para ver como era dentro. Bamila falava do avô e de como ele teria gostado de Teresa, de como a teria achado bonita.

As mulheres se divertiam e Abigail as olhava em silêncio, abrindo um meio-sorriso de vez em quando, quando sentiu o sangue congelar nas veias. A Encantada apareceu no vão da porta e Abigail escutou o chacoalhar da serpente. Lembrou-se do recado que recebera na noite anterior: o marido de Teresa estava no povoado, em algum lugar, esperando para atacar. Uma podridão se espalhava pelo ar, um fedor familiar, o mesmo que sentira ao conhecer o sogro e o marido de Hermínia.

Nem Bamila, nem Teresa, envoltas naquela aura de felicidade, perceberam a mudança no semblante de Abigail, mas Djanira notou a inquietação.

Após receber o recado, Abigail passara a noite matutando com Djanira uma forma de ajudar Teresa. A amiga dera a ideia de tirá-las do povoado enquanto se preparavam para o embate. Abigail cuidaria da proteção espiritual enquanto Djanira iria de casa em casa, explicando a situação de Teresa e convocando as mulheres para fazerem a defesa de Urânia, caso o Homem não quisesse ir embora por bem.

Abigail se levantou de repente.

— Preciso que vocês façam umas compras pra mim em Arcádia. Hoje tenho que ficar por aqui e resolver outras coisas com Djanira. — E entregou a Bamila uma lista imensa de suprimentos para a fazenda.

— Nossa, mas isso aqui vai levar o dia todo, voinha.

— Faça o que eu estou pedindo, Bamila.

O semblante rígido de Abigail retornou ao seu rosto. O momento de brandura havia passado.

A dor começou no esterno e se espalhou pelas costelas. Abigail se segurou na quina da escada para não cair e escorregou devagar pela parede, sentando-se no degrau. Olhar para baixo lhe dava vertigem. Esperou a dor passar. Era um prenúncio de tempestade.

Escutou o carro de Bamila partir. Djanira havia ido cuidar da sua parte do plano. Abigail se levantou, foi até seu quarto de oração e acendeu uma vela. Tirou do pescoço o seu patuá, o espelhinho que Bea d'Holanda lhe dera quando ainda era menina e que a privava de ser vista pelos mortos. Quebrou-o com uma só pancada e seu reflexo se dividiu em quatro.

Com a ponta do indicador, tocou a estátua fria da beata, desenhando uma cruz no ar. Começou a murmurar o ofício, cada palavra pesada de intenção. Ao terminar, deixou que o silêncio se preenchesse de um novo nome, invocando a Encantada.

Sabia que, antes de qualquer coisa, precisava deixar Teresa enfrentar o Homem sozinha, era parte da sua sina e ela tinha que perder o medo. Durante sua passagem pelo sonho-memória de Teresa, Abigail havia vislumbrado uma fresta de futuro, mas tudo podia mudar se ela perdesse a coragem. Nada é definitivo quando se trata do devir.

— E Bamila? Vai ficar tudo bem com ela? — perguntou à Encantada.

— Bamila estará ao lado dela. Eu estarei. E Hermínia.

O nome de Hermínia fez Abigail se retrair um pouco, mas a outra voz, parecendo vir de todos os cantos do quarto, foi incisiva:

— Não acha que está na hora de encarar sua filha de uma vez por todas, Abigail?

Um silêncio espesso se estendeu entre elas, preenchido apenas pelo peso das palavras que ficaram no ar. Entendeu, finalmente, que havia encontrado sua morsa, a filha de Sedna, que escalara paredões com os dentes para fugir do marido violento. Baixou a cabeça, resignada. Daquele confronto, não poderia mais escapar.

Em algum lugar do povoado, um carrossel se desmantelou de vez.

Hermínia girou por dias, semanas, meses, anos, uma eternidade. A voz vinha de longe, abafada, um eco. Diferente das outras vozes que a chamavam, nessa ela reconhecia algo de si — era uma voz familiar, que evocava um tempo distante. O carrossel começou a se desmontar, as engrenagens se soltavam, as luzes se apagavam, uma a uma.

De repente, se viu na beira da ribanceira, diante de uma grande árvore, e o chão amarelo de flores. Nos pés da craibeira, havia uma casinha branca com uma cruz, velas, cartões, fotos e estátuas quebradas de santos. Era um pequeno santuário de graças alcançadas. Ela chegou mais perto e leu: *Salve a santa das espancadas*. Olhou as fotos das mulheres: brancas, negras, indígenas, magras, gordas, baixas, altas, grávidas, morenas, loiras, ruivas. Bem no centro, quase escondida, ela reconheceu a si mesma.

Na foto, estava com Bamila nos braços. Se lembrava bem daquele dia. Era aniversário da menina e elas estavam felizes, mas depois... O que aconteceu depois? A chuva. Os trovões e os raios. Lembrava-se do sangue. A casinha branca se cobriu de vermelho e o líquido começou a banhar todas as fotos, engolindo as mulheres, as velas, os cartões, as flores, as raízes.

Escutou o barulho do carro freando e reviu a cena: o Homem metendo a faca no seu peito sem piedade, contou vinte e sete vezes. Ele cortando seu ventre, arrastando-a para a ribanceira e a jogando de lá. Ela sendo agarrada pelas raízes da craibeira ainda pequena, os cabelos crescendo de volta, milhares de serpentes buscando vingança.

E Bamila? Onde está Bamila? Fechou os olhos e retornou à casa onde morava. O marido olhou para ela com uma cara de pavor, tentou se desculpar, chorou, disse que a amava, que agira por impulso. Pediu piedade, mas ela só sentia ódio, um ódio novo, que pedia destruição.

Depois que acabou, veio a culpa. Tudo aquilo era culpa sua, pensou. Devia ter ouvido sua mãe. Por que aguentara tanto? Podia ter pedido ajuda, voltado para casa com Bamila. Podia ter feito tantas coisas, mas se resignara. Agora estava morta, e a filha, perdida para sempre. *Mãe, me perdoa? Eu fiz tudo errado*, o lamento saiu como um gemido.

Ela se olhou no espelho da sala e viu a pele acinzentada, a face escurecida, os cabelos serpentinos. Dezenas de rostos de mulheres irromperam na sua frente: humilhadas, machucadas, violadas, vilipendiadas, pedindo sua ajuda. Cortaram o próprio cabelo, acenderam velas, cantaram. As vozes eram muitas e se misturavam: *Salve a santa das espancadas*. As mulheres choravam de alívio, deixavam flores, orações e fotos para ela na casinha branca aos pés da craibeira.

As mãos foram à cabeça, ela se dobrou de horror, gritou, tentou arrancar os cabelos. Ao seu redor, a casa se desfez em fogo, e então ela viu o chão estéril, encarvoado. A fazenda não existia mais e a caatinga havia retomado o espaço, transformando a morte em hábitat para os seus bichos.

E Bamila? Onde está Bamila? Precisava encontrar a filha, então seguiu o caminho até a casa da mãe.

O Homem acordou na hospedaria quando o sol já ia alto. Desceu e pediu uma carne assada e uma cerveja. O ar do ambiente era áspero e, mesmo sendo dia de semana, várias mesas estavam ocupadas. O dono do bar, sempre no balcão, tentava se aproximar do visitante:

— O amigo vai ficar quanto tempo?
— Vou embora hoje.
— E veio fazer o que por essas bandas?
— Buscar uma encomenda.
— Em Urânia? Que tipo de encomenda? Vinho, fruta?
— Olhe, amigo, não é da sua conta... Melhor parar com esse converseiro.

Zé do Peixe, filho de quem era, sabia negociar e engabelar qualquer um, mas percebeu logo que aquele ali não estava para brincadeira. *Deve ter parte com o Belzebu*, pensou. Se seu pai fosse vivo, era bem capaz de descobrir, mas ele, não — não ia mexer em vespeiro sem necessidade.

Abigail estava sentada na cadeira de balanço do quintal com uma gata no colo. Hermínia custava a entender que aquela era sua mãe, envelhecida. Os cabelos brancos, a expressão cansada. Seu corpo aparentava ter diminuído, frágil feito um canário. A pele do rosto, antes muito lisa, estava flácida, com vincos profundos. Os lábios tinham secado e os olhos, antes enormes, se estreitado. Os ombros retos perderam o vigor e se arredondaram, buscando o chão. Quanto tempo havia se passado?

— Mainha?

A gata se inquietou e rosnou no colo de Abigail, mas ela manteve o olhar fixo no horizonte, só se virou quando uma moça apareceu. Hermínia demorou uns instantes, mas se deu conta de que era Bamila. Sua menina havia crescido: estava linda, o cabelo trançado na cabeça perfeita, os olhos grandes e gentis. Quantos anos teriam se passado? Não conseguia precisar a passagem do tempo, mas, pelos cabelos brancos da mãe e pela feição da filha, deduzia serem muitos.

Perdera a infância da filha, a primeira palavra que lera, os primeiros escritos, as travessuras, a primeira menstruação, o primeiro beijo, os namoros, os estudos. Em todos aqueles anos, a filha crescera, virou mulher.

No Bar do Peixe, o Homem comeu, bebeu e pagou pela noite dormida. Pegou suas coisas e saiu do bar. Voltou para o centro de Urânia e se postou junto a uma das mesinhas da padaria, na esquina da praça. Quando Teresa passasse por ali, ele certamente a veria.

Esperou por várias horas, fumando, bebendo, sem pressa. Quem o visse ali, poderia achar que era um apreciador do tempo, que não tinha nada a fazer, mas a calma aparente era a de um caçador. Logo que viu a picape estacionando na frente da pousada, reconheceu os cabelos loiros da esposa. Ela estava com a mesma mulher do dia anterior, a mesma felicidade estampada na cara. O ódio pousou na rigidez da mandíbula. Pagou a conta e atravessou a praça a pé.

— Você achou que ia conseguir se esconder de mim, sua vagabunda? — disse, agarrando Teresa pelos cabelos, levantando-a no ar.

Os gritos chegaram até o quintal, onde Hermínia observava a mãe. Bamila disparou na frente. Abigail soltou a gata no chão, que saiu correndo, miando alto. Antes de seguir, ela se deteve por um momento e olhou para trás. Hermínia estendeu as mãos em sua direção. Abigail estremeceu, mas decidiu seguir a neta. Na rua, Hermínia viu o Homem agarrando pelos cabelos uma mulher que ela não conhecia.

— Me solte! Me solte, seu desgraçado!
Teresa esperneava e resistia contra as mãos ossudas do Homem, muito mais forte do que ela. As pessoas começaram a sair de suas casas, curiosas. Gritos assim não eram costumeiros em Urânia.

Bamila veio correndo de dentro de casa e, sem saber o que fazer, pulou sobre o Homem, mas ele a derrubou e a chutou na altura do estômago, fazendo-a se contorcer no chão, sem conseguir respirar.

— Não se meta, sua neguinha! Tá pensando o quê? Quer apanhar também?

O estrondo do tiro zuniu nos ouvidos dele. O Homem se virou, surpreso. Abigail empunhava uma espingarda e voltou a engatilhá-la. Era o sinal.

Mulheres começaram a surgir de todos os lugares, recrutadas por Djanira, que vinha na frente, armada com um revólver. Todas empunhavam algum tipo de arma.

— Largue ela ou a próxima bala vai ser no meio do seu peito — avisou Abigail.

O Homem soltou Teresa, que correu até Bamila, ferida no chão. Ele fez menção de pegar a arma no cós da calça, mas Abigail atirou novamente, perto dos pés dele. Djanira se adiantou e o desarmou.

— A senhora não sabe de nada. Ela é minha mulher. Nós somos casados. Eu tenho o direito de levar ela de volta.

— Aqui você não tem direito nenhum. E vai perder a vida se não for embora agora mesmo.

Teresa se levantou e foi na direção dele. Ele era mais alto que ela, então precisava erguer bem a cabeça para poder mirá-lo no fundo dos olhos.

— Assassino! Você nunca mais vai encostar em mim.

O Homem hesitou e sua expressão mudou na mesma hora. O olhar desafiador caiu, a mandíbula relaxou, os ombros baixaram, ele tentou se aproximar dela.

— Meu amor, tudo isso foi um mal-entendido. Se você me deixar explicar...

— Cala a boca, não tem nada pra explicar. Você matou nossa filha, matou Doralice.

— Você tá doida, mulher — disse, retomando a postura ameaçadora. — Eu não fiz nada com a velhota.

Teresa sabia que se lembraria para sempre daquele homem e da sua capacidade de dissimulação, das chantagens emocionais que ele fazia, do sorriso perverso, do poder esmagador que ele deteve sobre ela por tanto tempo. Sabia de tudo isso, mas, a partir daquele momento, o medo não a guiaria mais. Sem pestanejar, tomou as rédeas da própria vida, saiu da casa mal-assombrada em que vivera por tantos anos, fechou as portas, selou as janelas, deixou a grama secar.

— Vá embora daqui e não volte. Senão...

— Senão o quê, sua puta?

Abigail se aproximou ainda mais, com a espingarda em punho. O corpo firme feito árvore que não se verga à tempestade. Ele engoliu em seco, mas ainda arriscou responder.

— Eu vou embora, mas você me aguarde, eu volto pra lhe buscar. Você vai ver.

O Homem fez menção de ir até o carro, mas o grupo de mulheres atravessou o seu caminho.

— Daqui você não leva nada — disse Djanira, apontando-lhe o revólver.

As mulheres começaram a avançar, furiosas, na direção dele, que não teve alternativa senão correr na estrada em direção à saída do povoado.

— Bando de loucas, desgraçadas. Eu vou voltar aqui e não venho sozinho. Aí quero ver elas terem a desfaçatez de me expulsar.

O Homem saiu praguejando na direção da hospedaria, provavelmente planejando encontrar na rua do Grude outro homem que pudesse ajudá-lo na desforra.

Hermínia se aproximou da mãe, rogou que ela a visse, mas Abigail atravessou-lhe o corpo e entrou em casa. Teresa, pálida depois do ataque do Homem, correu e abraçou Bamila.

— E se ele voltar?

Quando o Homem estava quase chegando na placa que indicava o caminho do Bar do Peixe, viu uma moça parada. O cabelo comprido até o chão. Eles se olharam e ela o reconheceu de imediato.

— Você é igualzinho ao meu marido. São diversos rostos, mas o mesmo Homem.

— Como é? — gritou.

— Você se arrepende?

— Me arrependo de quê, mulher, tá doida? Só tem mulher doida nesta merda de cidade?

Foi o que ele conseguiu perguntar antes de sentir algo lhe apertando os pés. O cabelo serpenteou em sua direção e se enrolou nas suas pernas. Ele se desequilibrou e caiu.

Lutava contra o cabelo, tentando se desenrolar, mas havia tanto! Logo seus braços também foram enredados na teia de fios pretos. As coxas, o ventre, a barriga, tudo sendo espremido. Ele nunca tinha sentido nada parecido. Pensou estar sonhando. A mulher se abaixou ao seu lado e pôs a mão em seu peito. Pesava feito uma bigorna de ferro. Ele sentiu os pulmões explodirem. Um nó tapava sua garganta e o impedia de gritar. Sabia que a mulher o olhava, embora no lugar dos olhos houvesse duas fendas negras.

Ele não percebeu em que respiro exato o mundo acabou. Sua alma foi devorada ali mesmo.

Na praça do povoado, todas abriram uma caixa de cerveja e comemoraram a expulsão do Homem, dando risadas com Djanira, que repetia a cena dele se cagando ao ver o exército de mulheres reunidas ali.

Teresa havia vivido tanto tempo na escuridão que se acostumou, mas naquela hora se lembrou das conversas nos sonhos; lembrou-se do tempo de luz em sua vida, muito antes de conhecer o marido, da mãe doente, de ser abandonada pelo pai; lembrou-se de quando era criança e a avó lhe levava ao terreiro, dos batuques, do cheiro de rosas e manjericão, de Oxum oferecendo-lhe um abraço no meio da gira.

Lembrou-se das coisas boas que tinha, do beijo de Bamila e do ronronar de Lete. A adrenalina ainda circulava em seu corpo. Orgulhosa de si mesma, afundou nos braços de Bamila.

— Como você tá, meu amor?

— Não sei. Tô bem, eu acho.

— A gente vai se preparar pro caso dele voltar. Não se preocupe, voinha vai dar um jeito.

— Preciso agradecer a d. Abigail. Cadê ela?

Assim que o Homem sumiu da vista, Abigail entrou em casa e foi direto para o quarto da santa. A pedra acorrentada na garganta se soltou, e as lágrimas, por muito tempo represadas, brotaram generosas, derramando-se pelo chão do quarto. Ela havia esquecido como era chorar e se surpreendeu com a água contida no peito.

Bamila e Teresa entraram logo em seguida e se ajoelharam ao lado de Abigail, que, naquele momento, parecia uma menina desamparada. Bamila nunca tinha visto a avó daquele jeito.

— Voinha, eu tô aqui, não se preocupe. O que a senhora tá sentindo? Minha santa beata, a senhora tá gelada. Teresa, fique aqui que eu vou buscar o remédio da pressão, já venho.

Teresa tomou as mãos de Abigail entre as suas. Agora, era ela quem a consolava. Ela que a guiava para longe do sofrimento.

— Muito obrigada, d. Abigail, a senhora salvou a minha vida.

As lágrimas de ambas se uniram em um abraço e molharam o espelho-patuá quebrado. O vento forte invadiu o quarto e fez um redemoinho entre elas. Teresa apertou as mãos de Abigail ao ver a mulher se materializando à sua frente.

— Não se assuste, Teresa. Ela é minha filha.

Pela primeira vez depois de muito tempo, Abigail escutou a voz de Hermínia:

— Mainha, você me perdoa?

Teresa ajudou Abigail a se levantar. Ela se aproximou de Hermínia e a tocou.

— Não tenho nada que perdoar, meu amor. Eu é que preciso do seu perdão.

Hermínia olhou para si mesma, para as mãos sujas e para a melena que se estendia até o chão.

— O que eu fiz com a minha vida, mainha?

— Você seguiu o seu coração, minha filha.

No abraço da mãe, o corpo de Hermínia se transmutou. Primeiro a pele perdeu o tom acinzentado, a feição se abriu em um sorriso, os olhos verdes voltaram a brilhar e os cabelos caíram, ficando curtinhos, como no dia em que decidiu voltar para casa.

Não haveria mais mortes pelas mãos da santa das espancadas.

Eu assistia àquele encontro quando percebi o brilho ao meu redor, uma pele nova cobria meu corpo, não mais escamas ou chocalho: eu tinha um novo corpo e ele era pura energia. Notei que as três olhavam em minha direção. Me viam como eu era: uma cabocla encantada, filha dos cariris.

Transformada em serpente, eu havia me disfarçado bem. Era acostumada a não ser vista, e, quando vista, era temida. Até então, eu achava que era uma mera observadora dos destinos daquelas mulheres. Sempre me perguntei qual era o sentido da minha existência, se havia algo além daqui. Achava que fora de Urânia, longe da Boca do mundo, eu não poderia existir, mas entendi: eu também sou um caminho, eu sou aquela que narra.

Tudo fez sentido.

Éramos as quatro linhas de uma encruzilhada na topografia do sertão.

Lá fora, a noite serenou. Em algum lugar no meio da caatinga, uma videira crescia silenciosa em cima de uma cova e o mundo recomeçava.

Agradecimentos

Agradeço a Socorro Acioli pela leitura do primeiro rascunho deste livro e por abrir todas as portas possíveis e impossíveis.

A Stéphanie Roque, por acreditar na história e por me ajudar a ser uma escritora melhor.

A Lucia Riff e Eugênia Ribas-Vieira, minhas agentes, pela acolhida na Agência Riff.

Sou grata também aos queridos professores Marcelino Freire e Andréa del Fuego, que acompanharam minhas primeiras ideias para o livro.

Não poderia deixar de agradecer também pelas leituras generosas e pelos comentários valiosos de Anita Deak, Indira Lima, Jaqueline Schmitt, Maria Carolina Casati, Paulo Salvetti, Tatianne Dantas e Tamy Ghannam.

À minha família adotiva, Merinha, Vitória e — especialmente — ao meu sogro, Genaldo, por dividir comigo as "histórias de matuto da roça".

À minha primeira leitora, companheira de todas as horas e arquiteta de sonhos grandiosos, Fernanda Amariz. Obrigada por dividir a estrada comigo.

ESTA OBRA FOI COMPOSTA PELO ESTÚDIO O.L.M./ FLAVIO PERALTA EM ELECTRA E IMPRESSA EM OFSETE PELA GRÁFICA PAYM SOBRE PAPEL PÓLEN NATURAL DA SUZANO S.A. PARA A EDITORA SCHWARCZ EM JUNHO DE 2025

MISTO
Papel produzido
a partir de
fontes responsáveis
FSC® C133282

A marca FSC® é a garantia de que a madeira utilizada na fabricação do papel deste livro provém de florestas que foram gerenciadas de maneira ambientalmente correta, socialmente justa e economicamente viável, além de outras fontes de origem controlada.